D+

dear+ novel

kakyaku no tori・・・・

華客の鳥

菅野 彰

新書館ディアプラス文庫

華客の鳥

contents

illustration：珂弐之ニカ

華客の鳥

Kakyaku no Tori

翼があるのに羽ばたかない。
何処《どこ》にでも行けるはずなのに、飛び立たない。
そのきれいな鳥の声をけれど、まだ一度も、聞いたことがない。

水音が聞こえて、ハルカは自分がいつの間にかソファでうたた寝をしていたことに気づいた。ここで眠ってしまう前はまだ帰っていなかったはずの同居人が、バスルームを使っている音が聞こえる。手伝いをしている酒場で染み付いた煙草《たばこ》や酒の匂《にお》いを洗い落としているのだろう。いつもの習慣だ。

住居の高い天井を、ハルカは見上げた。

この部屋は去年、大きな仕事を纏《まと》めて大金を手に入れた際に、ニュートーキョーとチャイナタウンの境《さかい》に求めた部屋だ。大きな仕事といっても人に言えるような仕事ではないが、バスルームの同居人はそんなことは気にしない。

ニュートーキョーとチャイナタウンの境に部屋を選んだのは訳《わけ》もなしにではなかった。自分が日系で彼が華人《かじん》なので、この場所を選んだのだ。日系といってもハルカは何世かもわからない程で思い入れもなかったが、同居人は少年のころに大陸からアメリカに来た。尋《たず》ねたことはなかったがいくばくかの郷愁《きょうしゅう》はあるだろうと、チャイナタウンの大門《だいもん》からそう離れていないここを見つけた。ならいっそチャイナタウンの中にとも思ったが、あそこに住むにはまだ癒《い》えていない傷がある。

「……ああ」

寝起きのぼんやりとした頭で何故《なぜ》自分がそんなことを考えているのだろうとふと思って、浅い眠りの中にその理由があるのをハルカは知った。

「あのころの、夢見てたのか」

心地よいとはとても言えない目覚めに、鬱陶《うっとう》しく伸びた髪を掻《か》き毟《むし》って起き上がる。

籠《こも》った息を長く吐き出して、ハルカは開かない目を無理にこじ開けた。ぼやけた視界に、長く力強い己《おのれ》の手足が映って苦笑する。

夢の中の自分は、痩《や》せぎすの小さな子供だったのに。

「起きたの？　ハル」

濡れた髪を拭《ふ》きながら、同居人がバスルームから出て来てハルカに気づいて言った。

あれから随分《ずいぶん》経《た》つのに、彼は眠りの中で見た姿とそう変わっていない。確かに少年から青年になりはしたけれど、一瞬性別を惑《まど》わせる表現しがたい線の美しさはまるで変わらない。女性的というのとは違う、性を持たないかのような印象を彼は人に与えた。

「風邪ひくよ、そんなとこで寝てたら」

もっとも、出会ったころは物言わぬ鳥のようだったことを思えば、彼は随分変わった。それはただ、囀《さえず》るようになったということだけなのかも知れないけど。

「どうしたの、ぼんやりして」

何も答えずにただ自分を見ているハルカに首を傾《かし》げて、隣のソファに腰を下ろしながら彼が問う。

「……なんでもねえよ。寝ぼけてるだけだ」

出会ったころの夢を見ていたとは、ハルカは言わなかった。それは決して二人の間で禁忌《きんき》になっていることではなかったけれど、最近、ハルカはその頃のことを思うと酷《ひど》く気持ちが落ち込んだ。

口に出せない疑念が、胸の辺りで燻《くすぶ》って。

「シン」

ソファの背に寄りかかって、ぼんやりと、ハルカは彼の名前を呼んだ。

続きを待って、黒曜石《こくようせき》の瞳がハルカを見返している。

胸に燻るものを問いかけてみようと思ったのは、何も今が初めてのことではない。彼が自分の側《そば》を離れないことをなんとなく知ったころから、その問いは何度もハルカの喉元《のどもと》に這《は》い上《あ》がった。

もっとも言葉が、そこから先に出て行くことは決してなかったけれど。

「なに」

呼びかけの続きは待っても出ないことを、彼もよく知っている。だからハルカの気鬱《きうつ》を終わらせるためだけに、シンはそう問いかける。

「いや、最近帰りが……おせえと思ってさ」

溜息《ためいき》をついて、問いかけようと思ったこととは違う、けれど気に掛かっていたことの一つをハルカは口に出した。

「先生が来るのが遅いからね」

いい大人である己にそんな心配をしたハルカのことはまるで咎《とが》めずに、年上でありながら庇《ひ》護《ご》を受ける者であるという態度でシンが答える。

手伝っている酒場でシンは、最近仕事をしながら英語を習っていた。英語と言っても一通りのことはとうに話せるが、スラングを矯正《きょうせい》して貰《もら》っているのだ。最近知り合った、ハルカのシマにある一七分署の若い警官に。

警官がそう言い出したとき、そうしたらどうかと言ったのはハルカだった。多分自分が強く勧めなければ、彼には似合わない自分と同じスラングを使うのをシンはやめないだろうといつからか知っていた。なんにしても耳覚えの早いシンが標準的な英語を使えない訳がないのに話さないのは、自分に合わせているからだ。

その青年が申し出てくれたのは、いい切っ掛けだった。

もっとも言い出されたときは、少し惑った。

――また研究所を辞めたって？　シン。なんでそのスラングやめないの？　そういうとこじゃ信用されにくいだろ。

なんで、と。シンの実績や風貌《ふうぼう》に似合わないスラングのことを青年は尋ねた。

そのときハルカは、それがそのままどうしてシンが自分の側にいるのかという問いに聞こえて、心臓を摑《つか》まれるような思いがした。

けれどハルカはその青年が嫌いではなかった。無神経とも言うのだろうが、言いにくい本当のことを問いかけてくる。ああいう人間はそういるものではない。ときにあの青年は酷くハルカを苦しめもするだろうが、楽にもしてくれる。

知り合って間もないのに、もう何度も喧嘩《けんか》もした。

「今度は思い出し笑い？」

体格差のある自分に考えなしに向かって来る青年を思い出して鼻先で笑ったハルカに、肩を竦《すく》めてシンが問う。

「あの兄ちゃんのこと考えてたのさ。本当に英語なんて教えられんのか？」

「別に英語を習ってる訳じゃない。丁寧《ていねい》な喋《しゃべ》り方《かた》を教わってるだけだよ。子供のころお母さんに躾《しつ》けられたんだって言ってた」

不似合いな言葉を青年が使える訳を、シンは教えた。

思えば青年はハルカと同じ日系だ。親が躾けたのはそういう理由からだろう。

「ふうん」

同じ日系でも随分育ちが違うと、卑屈《ひくつ》になるでもなくまた笑う。

「喋ってみろよ」

そんな自分の気持ちを察するように見ているシンに言葉を掛けられる前に、ハルカは言った。

「何を？」

「丁寧にさ。クイーンズ・イングリッシュってやつか？　似合うだろ、きっとおまえの声には」

「いいけど」

気が進まなさそうに言って、シンは続きを継がない。

ハルカも無理に、シンが彼に似合いの音で語るのを聞く気はなかった。

「……だけど何も飲み屋が引けた後に、こんな遅くまでやんなくてもな」

少女を案ずるような言葉を吐く自分を、別段訝《いぶか》りはしない。

「危ねえだろ、おまえ別嬪《べっぴん》だから」

この界隈《かいわい》では、当たり前の心配事だ。特にシンのような容貌《ようぼう》の持ち主には。

「誰も僕に触ったりしないよ」

余計な心配だと、髪を拭《ぬぐ》う手を止めてシンは笑った。

「みんな、ハルが僕のヒモだと思ってる。君の持ち物に手を出す怖いもの知らずはそういない」

なんの躊躇《ちゅうちょ》もなく、シンは、己をハルカの持ち物だと言う。

まだ水気を遺《のこ》す黒髪がシンのガウンに掛かるのに、不意に、落ち着かない気持ちをハルカは覚えた。

「ちゃんと、服を着ろよ」

目を逸《そ》らして、息を飲む喉を見られまいと俯《うつむ》く。

「いつも襟《えり》まである服を着てるだろ。なんだよ、だらしねえ」

「……あれは君が買って来るんじゃないか」

小言を言ったハルカに、シンは肩を竦めた。

「チャイナタウンにだって、中国服を着てる華人はそういないよ。僕ぐらいだ」

「いやなら捨てろ」

「機嫌が悪いね」

吐き捨てるように言ったハルカに、さして気にしてもいないような声でシンが溜息をつく。

言われて、確かに自分の機嫌が麗《うるわ》しくはないことにハルカは気づいた。

シンの帰りが遅いせいか、彼が英語を習っているからか。彼の黒髪が艶《つや》やかなせいか、襟元の白さに目を奪われたせいか。

幼いころの、夢のせいか。

「……俺は節操《せっそう》ナシなんだよ、シン」

髪を掻き毟って、彼もよくわかっているだろうことをハルカは口にした。

「毎日見慣れてるツラでも、おまえみてえな美人にんなかっこでうろうろされっと何すっかわかんねえぜ」

「……君が？」

苛立《いらだ》ちに任せて吐いた言葉を問うように、シンが首を傾ける。

妙な間が、ろくなものの置かれていない居間に降りた。その沈黙を憐《あわ》れむように、少し遠い大通りを駆け抜ける車の音が大きく響いた。

「……冗談だ」

投げ出してあったクッションを抱え込んで、小さな子供になったような不安を噛《か》み締《し》めながらハルカが背を丸める。

「女は？」

まずい方に話が向かっていると、呟《つぶや》きながらハルカは思った。

「女は欲しくねえのか？　シン」

そこから遠ざけようとしているつもりなのに逆に近づけた気がして、問いを引っ込めたくなる。

「もう随分おまえとこうやってっけど、おまえが女と付き合うの見たことねえよ」

何げない素振りを見せた虚勢を今更下げられず、けれど普段は触れずにいる深みへ自ら導いてしまった。

あまり自分には見せないでいる、どうしようもないシンの婀《あ》娜《だ》が、何故だか今日は匂うせいだとうっすらと思う。

「おまえ、俺より結構年上だよな」

「いまさら、何」

「あんまり変わんねえからさ」

くすりと笑ったシンをちらと見て、ハルカは自分の手足を伸ばした。

「俺はこんなにでかくなったっつうのによ」

「僕だってあのころよりは随分背も伸びたよ。あっと言う間に僕を追い越してった君には、気づいて貰えなかったみたいだけどね」

あのころ、と、シンが呟く。

彼が思い出したように少年のシンの姿を、ハルカもまた瞼《まぶた》に映した。

「なら、女ぐらい作れよ。悪い噂《うわさ》も消えるぜ」

それを掻き消すように、真っすぐにシンを見てハルカが言う。

「欲しくない」

黒く底の見通せない瞳でその目を見返して、惑わずシンは答えた。

「セックスのために、誰かを側に置いたりしたくない」

訳を問うハルカの目に、あっさりと、青年には奇異とも言える言葉をシンは落とす。

流せず、眉《まゆ》を寄せてハルカはシンを見つめた。

「……レスリーのせいか」

随分長いこと口にせずにいた男の名が、喉元から這い出る。

「あんなことは、誰にもしたくない」

否定せずシンは、けれど気負わない声で言ってソファを立った。

何も痛みになど思っていないような目をする彼がわからず、キッチンに向かうシンをハルカが目で追う。

それをハルカに必要だと思うのか、いつも寝酒にしている琥珀《こはく》の酒を、テーブルに置いたグラスにシンは注《そそ》いだ。

「もう遅いよ、ハル」

寝た方がいいと差し出されたグラスを、ハルカは受け取れなかった。

音を立てて床に、グラスが砕け散る。一瞬きついアルコールの匂いが上がって鼻についたが、ハルカは下を見なかった。

「……おまえは子供だった。あいつはベッドに入ると人が変わっちまう病気持ちで」

鼓動《こどう》が騒いで、声を掻き消すほどの音になって耳に届く。

「そうだ……シン、あいつは病気だった」

それでも自分の声が震えるのが聞こえて、己が酷く狼狽《ろうばい》していることをハルカは知らざるを得なかった。

「あいつの口から俺は聞いた。自分は病気なんだ、助けてくれって」

だから誰もあんな風に恋人を抱きしめる訳ではないと、うまく伝えられずに唇が戦慄《わなな》く。

「わかってる」

しなやかな指に砕けた硝子《ガラス》を集めて、シンは目を伏せた。

「ただ、僕はしたくない。それだけ」

何もそんな誤解をしている訳ではないと、静かな声で言う。

いや、おまえは何もわかっていない。おまえの知っているあれはセックスじゃない。自分ならあんな風に抱かない。あんな風に、愛さない。

言いかけた言葉を吐き出せずに、筋張った掌《てのひら》でハルカは口を覆《おお》った。飲み込んだ言葉が、胸のうちで騒ぐ。そんな欲望があるのかと、疑って。

ふと、シンの手が床を片付けるのをあきらめて止まった。重ねた硝子をテーブルに置いて、顔を上げる。

背を丸めているハルカの傍《かたわ》らに、音も立てずにシンは腰を下ろした。

不意にそう声を掛けられて、息が掛かるほど近くにシンの顔があることに気づく。

「だけど……ハル」

「君が何かを我慢してるなら」

絵のような唇が、ゆっくりと動いた。

「僕はかまわないよ。君の思いどおりになるのは」

惜し気もなく艶《つや》が、言葉とともに肌から零《こぼ》れ落《お》ちる。

腹の底を焼かれる思いに、耐え切れずハルカはきつくシンの手首を摑んだ。力任せに引いて乱暴にしなやかな体を組み伏せる。

誘うように開いている唇に口づけてハルカは、腹を焼いたものが憤《いきどお》りであることを知った。

噛みつくように舌を吸って罰《ばつ》のように唇に歯を立て、捨てるようにシンを突き放す。

シンは息も上げずに、ただ髪だけを乱して横たわっていた。

「二度と……そんな娼婦《しょうふ》みてえな口きくな」

一度も、彼を叩いたことのない手が上がろうとするのを握り締めて、低く声を震わせる。

代わりに力任せにテーブルを叩いて、加減できない声でハルカは怒鳴《どな》った。

テーブルの上の破片が、高い音を立てて崩れる。

もう一度テーブルの端を蹴って、決してシンを振り返らずにハルカは部屋を飛び出した。


夜と言ってももう明け方に近いようなチャイナタウンを、当てもなくハルカは歩いた。さすがに人気は少ないが、夜明けまでそこで過ごすものも少なくはなく、ひび割れた道を行くのはハルカ一人ではない。

俯《うつむ》いて歩くハルカを一瞬カモと間違えて声を掛けようとする者も、誰なのか気づくとすぐに手を引いた。

少し前まで無力な子供だった気がするのにいつの間にこんなところに立っていたのだろうと、何処《どこ》へ行くでもない足が止まる。

点滅を繰り返す街灯に縋《すが》って、ハルカは足元を見た。

行き場のない爪先が、今の自分によく似合っている。不意に押し寄せる途方《とほう》もない不安が、ハルカを飲み込んで行きそうになった。

「……どうしたの？　ハル」

細い声が、そんな背を引き留めて呼んだ。

顔を上げると馴染《なじ》みの少年が、薄着で道端に立っている。

「おまえこそどした……こんな時間に。客がつかなかったのか？」

前髪を落としたまま顔を上げて、無理に、ハルカは少年に笑い掛けた。

「もう店仕舞《みせじま》い。早い時間にお客さん取ったもん。朝だよ、すぐに」

呆《あき》れたように少年が、体に似合わない大人びた仕草で肩を竦《すく》める。

言われて東の空を見るとまだ充分に暗かったが、遅い夜明けがそこまで来ているのはぼんやりと知れた。この時季はロサンゼルスと言えど明け方は酷《ひど》く冷え込む。

「そんな薄着で……うろつくなよ、セツ」

シンに言ったのと同じ言葉を、けれどやさしく投げて、ハルカはセツと呼んだ少年の肩を抱き寄せた。中国系のその少年のシンに似た黒い髪が、痩《や》せた肩にさらりと落ちる。

「……中国人形と、喧嘩《けんか》？」

髪に頬《ほお》を寄せたハルカに、くすりと笑ってセツは言った。

「すぐわかる」

媚《こ》びるような目はもう癖《くせ》になってしまっているのか、下からハルカを見つめる。

「帰りたくないの？」

袖《そで》を引く声に、ハルカはきつくセツの肩を抱いた。

人恋しい少年は、見知った男を引き留めたがっている。

――二度と……そんな娼婦《しょうふ》みてえな口きくな。二度とだ！

シンに投げた言葉を、ハルカは悔やんだ。沢山《たくさん》の友人を、蔑《さげす》む言葉だ。ハルカはどんな罪人も蔑まない。そうしなければ生きていけない者が沢山いることを、よく知っている。自分もまた、その一人だということも。

けれどシンは違う。自分の傍《かたわ》らに住む、あの大陸から来た鳥は、本当は違う世界の住人のはずだ。

なのに何故《なぜ》彼は、決して自分を咎《とが》めずに何もかもを許しているのだろう。

「ハル……？」

黙り込んだハルカを、セツが見上げて呼んだ。

その血の気のない青い瞼《まぶた》に、笑《え》んで、ハルカが口づける。

「おまえのとこに泊めてくれよ、セツ」

彼が自分に好意を寄せていることを知っていて、ハルカは言った。

「朝まで俺が、おまえを買うから」

「……嬉しい」

逃げ場にされることには慣れている少年が、買われることを厭《いと》わず笑う。

何度か上がったことのある少年の定宿に、ハルカは足を向けた。馴染みの主人が入り口でハルカに気づいて、小さな溜息をつく。

「……後で荒れなさんなよ」

小声で主が言うのを聞き咎めずに、軋《きし》む階段を上がってハルカはセツの部屋に足を踏み入れた。

「お湯使う？」

よく知っているハルカの好きな酒を注いで、セツが問う。

「今日はもう使った」

向かいの看板の明かりに赤く染まる部屋に目を細めながら、ハルカはベッドに腰を下ろした。

「俺はきれいだよ。さっき客が帰った後にちゃんと洗ったから」

ハルカに酒を手渡しながらセツが、拙《つたな》い言葉を聞かせて隣に腰を下ろす。

その仕草にさっきのシンを思い出させられて、セツの黒髪にハルカは部屋に置いて来た黒い艶《つや》を重ねて見た。

無意識に手が、幻影に伸びる。

髪を撫《な》でるとセツは、肌の温《ぬく》もりを貪《むさぼ》るように掌《てのひら》に頬を寄せて来た。

「……伸ばそうか、あのひとみたいに」

中途半端な長さで揺れている黒髪に触れる節榑《ふしくれ》立った指が、何を追っているのかよくわかっていてセツが問う。

「セツ……」

「いいよ、俺。あのひとの代わりになってあげても」

なんの躊躇《ためら》いもなく自分を捨てて、まるで穢《けが》れを知らないかのようにセツは笑った。

切なく、その幼い瞳をハルカが見つめる。

「……いい子だな、おまえは」

もう一度髪を、セツの望むようにハルカは撫でた。

「やさしい子だ」

呼びかけた声が、掠《かす》れる。

「おいで」

手を引いてハルカは、セツを抱き寄せた。

腕の中にきれいに納まってしまう体を抱いて、黒い髪に、顳顬《こめかみ》に口づける。石鹸《せっけん》の匂《にお》いのする項《うなじ》に、ハルカは唇を埋めた。胸の中にその薫《かお》りを招き入れる。

とたん、触れてはならないものを犯そうとしているような気がしてハルカは、シーツに寝かせた手をセツから引いた。

「……なに？」

それ以上触らないハルカに、一度閉じた瞳をセツが開ける。

「どうしたの？　抱いてくれないの？」

光を全て取り込んでしまいそうな瞳でハルカを見つめて、肘《ひじ》を、セツは引いた。

「抱いて、ハル」

痩せた腕の乞う言葉とは裏腹に、少年の薄い胸に抱かれる。柔《やわ》らかい肌に、ハルカは口づけて顔を伏せた。

「……セツ」

腰の辺りを撫でてやると、セツは少し息を上げて掠れた声を聞かせた。

「俺は……やさしいよな」

漫然《まんぜん》と体中を撫でながら、愛撫《あいぶ》とも言い難い口づけをハルカが肌という肌に施《ほどこ》す。

「……うん……やさしい……」

「……あったかいだろ？」

「あったかいよ……」

問いを重ねるハルカの望むままに、セツは言葉を返した。

安堵《あんど》に、深く、ハルカは娼婦の肌に溺《おぼ》れてゆく。

「……あのひと」

喉を反《そ》らせてハルカの背を抱きながら、湿った吐息《といき》でセツは部屋を濡らした。

「ハルの中国人形……ハルを好きになってくれないの？」

堅い肩甲骨《けんこうこつ》を撫で、ハルカの髪に口づけてセツが問う。

答えず、一瞬だけハルカはセツを愛する手を止めた。

「どうしてかな……こんなに……」

すぐに耳たぶを吸われて、セツの声が途切れる。

「こんなに、やさしいのに」

大腿《だいたい》の付け根を撫でたハルカの背にしがみついて、もう泣いているような声でセツは言った。

誘うように足を開いて求めるセツの中に、ゆっくりと、ハルカが自分を教える。

「……ん……ハル……っ」

時間を掛けるハルカに焦《じ》れて、セツは目の縁《ふち》に涙を滲《にじ》ませて首を振った。

「やだ……もっと……来て……」

望まれてもハルカは、少年をきつく抱き締めることはできない。

「ねえ……お願い……っ」

泣いたセツの瞼に口づけて、聞いてやれずにハルカはただ傷つけないようにセツを抱いた。

「……あぁ……や……っ」

それでも充分に震えて、セツがハルカの肉に爪を立てる。

「ハル……誰も、そんな風にしないよ……？」

ハルカの髪を抱いて、セツは瞳を覗《のぞ》き込《こ》んで来た。

「ハルよりやさしい人なんていない……」

口づけをねだる唇に、ハルカは惜しまず唇を寄せた。

「なのにどうして……あのひと……」

あなたを愛してくれないの、と。呟《つぶや》きは、口づけの中に消える。

「……なんでだろうな」

もっとやさしい人は決しておまえを抱かないのだろうとは言えずに、ハルカはセツを愛した。

少年の声に不似合いな喘《あえ》ぎが、冷えた部屋の夜気を揺らす。

「あいつは俺を……憎んでる」

黒髪を一瞬遠い日の少年のものと錯覚《さっかく》して、ハルカは震えた。

「恨んでるんだ。きっと」

瞳もまたいつか見た寝台の上の少年と重なって、ハルカを囚《とら》える。

「……ハル……？」

目を閉じて情交に身を任せていたセツが、動かないハルカに気づいてシーツから顔を上げた。

びくりと、その視線にハルカの肩が揺らぐ。

「……どうして？　ハル」

白い指を、セツはハルカの頬に伸ばした。

「どうしてあのひとがハルを憎むの」

荒れた傷を癒《いや》すようにそっと、指の腹がハルカの目元を撫でて行く。

その指先が濡れるのに堪えられず、ハルカは少年を抱きすくめた。


華僑《かきょう》の成功者、レスリー・ウォンは慈善家《じぜんか》だという話だった。老人を敬《うやま》い、子供を大切にし、弱き者を護る男だとみんな知っていた。その上いつも穏やかに笑《え》んでいる彼はまだ若く、華人《かじん》にしては恰幅《かっぷく》がよく香港《ホンコン》の映画俳優のように整った顔をしていた。

その噂はチャイナタウンの外にも流れ、ストリート・チルドレンだったハルカの耳にも届いた。もう一つの、よくない噂《うわさ》とともに。

丁度、両親の住むダウンタウンのアパートを離れ、路上で始めた暮らしに慣れたころだ。小さな子供だったが、食いぶちは仲間たちとなんとかしていた。

「入ってくのを見たんだよ」

チャイナタウンの外れにある豪邸《ごうてい》を指して、仲間の一人が言った。

「一人で？」

「ああ、一人で」

一月姿を見ないリーダー格の少年を最後に見たのは、そのレスリー・ウォンの自宅に入って行く後ろ姿だったと、そう話した。

「……商売しに来たのか」

外《ほか》に理由は思い当たらず、中国系の少年靈《リム》にハルカは言った。

靈は是《ぜ》とも非《ひ》とも言わない。

「だけど自宅で？」

「ホテルを使うより人目につかないんだろ」

認めたくなくて眉《まゆ》を寄せた靈に、ハルカは肩を竦《すく》めた。

自分たちより五つ六つ年上のその少年が、仲間を食わせるために時折体を売っているのはハルカたちもわかっていた。幼くとも大人がなんのために彼を連れて行って高い金を払うのかはなんとなく知っている。

「何処《どこ》かの施設にでも、入れられたのかな。養子に出されたとか。凜《リン》はきれいだったから」

同じ華人の慈善家がその少年に無体を働いたと認めたくないのか、靈はとても信じ難いことを口にした。

「……そう信じたいならかまわねえけど、おまえも気をつけろよ。ウォン氏は中国系しか好まないそうだから」

塀《へい》の高い建物を一度睨《にら》んで、本気で友人に忠告する。

靈は不満そうな顔をしたがかまわず置き去りにして、ハルカは屋敷の周りを歩いた。

元々この屋敷は何か不自然で、胡散臭《うさんくさ》い。

中国系でもレスリー程の財を持てば、普通はダウンタウンを離れて高級住宅地に家を構える。だが彼は未《いま》だチャイナタウンに住んで、時々街をうろついた。レスリーに買われて連れられて行ったのは、凜が初めてではない。そして帰って来なかったのも。

中国系の者は皆、靈が言うようなことを信じた。だがハルカは時折見かけるレスリーの目に、何か正気とは思えない光があるような気がしてならないのだ。

「……ウォン氏の自宅にしちゃ、随分《ずいぶん》寂れた家だな」

警備の気配も感じられない裏口を眺めて、中に入るのはそう難しいことではないだろうとハルカは思った。この家には何か厭世的《えんせいてき》な、捨《す》て鉢《ばち》な空気が漂っている。

街路樹に登って中を覗《のぞ》いた。広い手入れのされていない庭にも、人の気配はまるでしない。

「泥棒に入るのも簡単なんじゃねえのか……」

独りごちてハルカは、木から飛び降りた。

もっとも同族意識の強いこの界隈《かいわい》の人間なら、レスリーの家に忍び込んだりはしないのだろう。人の良い顔をしても彼は権力者だ。こんな真似をしたらチャイナタウンにいられなくなる。

一周して表に戻ると、置き去りにした霊《リム》の姿が見えなかった。最初から居なかったような光景に、ざわついて辺りを見回す。

「霊……霊！」

自分より年も体も小さい霊を一人にしたことを悔やんで、ハルカは声を張り上げて霊を呼んだ。

「……ハル？」

少し怯《おび》えたような声が、門の方から聞こえる。駆け寄ると、霊は長身の男と話をしていた。

レスリー・ウォンだ。

きつい目で咄嗟《とっさ》に男を睨《にら》んで、ハルカは霊の手を引いて自分の背に隠した。

「……ハル、痛いよっ」

手首をきつく摑《つか》まれて、霊が悲鳴を上げる。

「お友達かい？　霊の」

上品な英語、柔和《にゅうわ》な笑顔で、誰にでもそうするようにレスリーはハルカに声を掛けた。

「俺の友達に触るな」

「お菓子をあげようと思ったんだけどね。丁度月餅《げっぺい》を貰《もら》ったから」

気分を害した様子もなく、笑ったままレスリーが手元の包みを箱ごとハルカに手渡す。

「わあ、いいの？　これ全部？」

肩から顔を出して靈が、嬉しそうにハルカの手元を覗いた。

「何か困ったことがあったら、いつでもおいで」

従者の一人もつけないままストリート・チルドレンと言葉を交わして、レスリーは門の中に入って行く。

「待てよ」

服の上からでも華人特有の均整な肉付きとわかる背を、ハルカは呼び止めた。

「俺たち人を探してここに来たんだ」

「ハル」

声に険《けん》を見せるハルカを、靈が咎《とが》める。

「凜を知らねえか。ここに、入って行くのを見た奴がいるんだ。それきり凜は、俺たちのところに帰って来ねえんだ」

「よせよ、ハル……っ」

泣きそうな声で靈が、ハルカの袖《そで》を引いた。

仕方なく溜息《ためいき》をついて、ハルカは靈に月餅の箱を持たせた。

「先に行ってな、みんなのとこ。……ああ、やっぱ駄目だ。煙草屋《たばこや》のリーばばあのとこで待ってろ」

「でも」

「いいから行ってろ」

角の煙草屋へ行けと、ハルカが靈の背を押し出す。

「君が一緒に帰っても帰らなくても一緒じゃないのかな。君もあの子を守れるとは思えないけど」

何度も振り返りながら走って行く靈の背を見送って、レスリーは笑った。

「小さな子供だ、君もね」

随分高いところから、侮蔑《ぶべつ》とも揶揄《やゆ》とも取り難い視線を落として来る。

「……答えろよ、凜をどうした」

充分に自尊心を傷つけられて、唇を噛《か》み締《し》めながらハルカは聞いた。

「凜は聡明《そうめい》で容姿の整った子だから、まともな暮らしも望めないことはないと思って」

眉《まゆ》一つ動かさず、レスリーが口を開く。

「里親を探してやったんだ。ニューヨークの中国系の実業家でね。急な出発だったからみんなにお別れをさせてあげられなかったのは悪かった」

穏やかに笑んで、彼は言った。

「そう、帰ってみんなに伝えなさい」

けれど最後にそう付け加えた彼の瞳から太陽の下に滲《にじ》み出《で》る闇を、どうしてもハルカは見過ごせない。

じっと、目を睨んでいるハルカに、レスリーは笑うのを止めた。

「……時々、そういう目で私を見る者がいる」

白い指が、ハルカの顳顬《こめかみ》に伸びる。

「何が見えているんだい？」

驚くほど冷たい手が肌を触れて行くのに、ぞっとしてハルカは身を引いた。

くすりと、レスリーの口元が笑う。

「菓子だけじゃどうにもならないだろう、ほら」

レスリーは懐《ふところ》から財布《さいふ》を出して、札をハルカのズボンのポケットにねじ込んだ。

「……っ……」

「取って置きなさい、今日は特に機嫌がいいんだ」

屈辱《くつじょく》を露《あらわ》にしたハルカの頭を、冷たい手が撫《な》でる。

「大陸から鳥が来る」

門に戻って行きながら、レスリーは言った。

「きれいな鳥がね」

独り言のように、小さく。

背中の寒さが抜けずその場を動けずに、しばらくの間ハルカはもう主のいない門を見ていた。

近づいてはいけないと、耳元ではっきりと声が聞こえる。今まで欺《あざむ》いたり揶揄《からか》ったりしてきた大人たちと、レスリーはあきらかに違う。

詰めていた息を足元に吐き出して、ハルカは歩きだした。角を曲がってチャイナタウンのメインストリートに入ると途端に別世界のような活気で、少しだけ寒気が去る。

「ハル、靈が一人でうろうろしてたぜ」

揚げ菓子の屋台を引いていた青年が、注意するようにハルカに声を掛けた。

「待たせてるんだ」

「あんなちっこいの一人にするなよ」

靈とそう年は変わらないはずのハルカをもう一人前と認めて、青年が言う。

「今迎えに行く」

その信頼が誇らしくて、素直にハルカは言った。

つるんでいる少年たちのお陰《かげ》でもあるのだろうが、他民族に厳しいはずのチャイナタウンの人々は日系のハルカを受け入れてくれていた。

「悪い、靈。待ったか」

「……大丈夫、ハル？　なんか酷《ひど》いこと言わなかっただろうね」

煙草屋の前に立っていた靈が、ハルカを見つけて酷く不安そうに聞いた。

「言わねえよ、何も」

「あの人に何かしたら、チャイナタウンには出入りできなくなるよ」

ハルカの後ろをついて来ながら心配げに言った靈の言葉は、大袈裟《おおげさ》なことではない。

「……心配すんなって。金、貰《もら》った。今日はみんなでなんかあったかいもん食おうぜ」

ポケットの札を握り締めて、ハルカは靈の肩を抱いた。

自尊心でその金を捨てられるような暮らしではない。

けれど持っているのも嫌なので皆の好きそうなものに今日全部変えてしまおうと、靈の手を引いてハルカは雑貨屋に入った。

「なんだい子供達。今日は上げられるようなものはないよ」

「ウォン氏に金を貰ったんだ。なんかあったかいもんに変えてくれよ」

肩を竦めて言った店の女主に、ハルカがポケットから金を出して見せる。

「ああ、そうかい。……まったくあの人は、本当に神様みたいなお人だね」

溜息をついて心底感動したかのような声を聞かせて、女主は揚げ物や蒸し物を金より少し余計に袋に詰めてくれた。

「気をつけてお帰り。夜は出歩くんじゃないよ」

いつもと同じ言葉を子供達に掛けて、彼女が店の外まで送り出してくれる。

「みんな喜ぶね」

前が見えない程の袋を持って嬉しげな声を靈が聞かせるのに、もうハルカも何も言わず黙って根城《ねじろ》に向かった。

路上で暮らす子供達の全てに、親がいない訳ではなかった。ハルカにも両親がいた。けれど家にいるより、廃屋《はいおく》で仲間と身を寄せ合っている方が楽だった。家にいれば母親が父親以外の男と寝るのを見なければならなかったし、父親がそうして母親が稼《かせ》いだ金で酒を飲むのを見なければならなかった。そして肉親の暴力は、他人に施《ほどこ》される暴力よりはるかに耐え難い。缶詰を盗んで雑貨屋の店主に路上で殴《なぐ》られる方が、家で両親に叩かれるより痛くはなかった。

もちろん寒い日もあったし、飢える日も多い。だがそれは家にいてもそう変わらない。

「凜のこと、何か聞けたか？」

ダウンタウンの廃ビルに戻ると、皆そのことが気になるのか真っ先にハルカは訊かれた。

口を開こうとするハルカを、靈がじっと見ている。

食料が入った袋を、ハルカは剝《む》き出《だ》しのコンクリに置いた。

「……レスリー・ウォンが」

自分が何故かそれを信じていないのをわかっていながら、仕方なくその男の名前を口にする。

「凜は頭がいいしきれいだから里親が見つかったって。ニューヨークの華僑《かきょう》のとこに行ったって、言ってた」

「……なんだよ、それならそう言ってってくれれば良かったのに」

安堵《あんど》を露に、仲間の一人が息をついた。

「そうだ。心配したぜ」

年長の少年たちは皆それを鵜呑《うの》みにしたのか、凜の門出を喜んでいる。

「あいつは毛色が違うと思ってた。これで良かったんだよ」

スキップして入った高校をドロップアウトしたという噂の、皆から「先生」と呼ばれている一際年かさの少年が、黙り込んでいる一番年上の少年をちらと見て言い聞かせるように呟いた。

やはり中国系のその少年が、ハルカのグループのリーダーだった。

「塙《コウ》」

黙り込んで足元を見ているリーダーを、ハルカが呼ぶ。

気性は荒いがどんな時でも公正なこの少年が、ハルカはとても好きだった。一人で街をうろついていたハルカを、ほとんどが中国系のこのグループに入れてくれたのも塙だ。

「……ああ、そうだな。いい、話だ」

もう青年に近い風貌《ふうぼう》で塙は、ぼんやりとしたまま笑った。

「食ったらみんな早く寝ちまえ。最近物騒なことが多い」

いい話だと言いながら、何故かそれを認められないようなことを呟いて席を立つ。

廃ビルの最上階の隅に置いた灯油缶に、塙は夜のための火を入れた。

「メシ、食わないのか。塙」

多分彼はレスリーの金で買ったそれに手を付けないだろうと思いながら、誰かが塙に尋《たず》ねるのをハルカは聞いた。


廃材の火に弾《はじ》ける音で、ハルカは目を覚ました。

いや、ちゃんと眠っていなかったのかも知れない。目の前に凛《リン》の顔がちらついては、唸《うな》った自分を覚えている。

寒さを凌《しの》ぐために身を寄せている腕の中の霊《リム》を、ふと、ハルカは見つめた。

「霊」

肩に額《ひたい》を擦《す》り寄《よ》せている霊に、そっと声を掛ける。

「ん……なんだよ」

眠りに落ちていた霊は、目も開けられずに掠《かす》れた声を聞かせた。

「おまえあいつに、なんか言われなかったか」

肩を揺すって、夕方聞きそびれたことがどうしても気になって問う。

「……あいつ？」

「ウォン氏だよ。レスリー・ウォン」

目を擦《こす》りながらそれでもまだ瞼《まぶた》を上げられず、あきらめたように霊は体を丸めた。

「なにも。困ったことがあったら来なさいってだけ」

帰りに掛けられたのと同じ言葉を教えて、霊は眠ってしまう。

「行くなよ、絶対」

寝息を立て始めた霊に言い聞かせるように言って、ハルカは体を起こした。

何故《なぜ》だか酷《ひど》く神経が高ぶって、眠れそうもない。

——時々、そういう目で私を見る者がいる。

曖昧《あいまい》な眠りの中で何度も聞いた声が、また耳に返る。

——何が見えているんだい？

皆と同じように、凜を語ったレスリーの言葉をハルカもまた鵜呑《うの》みにしようとした。けれどできない。

見えるのだ。彼の抱《かか》える焔《ほむら》のような恐ろしい闇が。

また火が弾ける音が聞こえて、ハルカは灯油缶に目をやった。その側《そば》で塙《コウ》が、膝《ひざ》を抱えて火を眺めている。

「……起きてたのか？　塙」

小声で話しかけながらハルカは、寝床を這《は》い出《で》て彼の隣へ行った。

「ああ」

傍《かたわ》らに座ると塙は、火を掻き回してその番をしていたかのような素振《そぶ》りを見せる。

けれどすぐにその虚勢は崩れて、塙は長く苦い息を吐き出した。

「ハルカ」

問いを隠すように、塙の豪胆《ごうたん》な唇がハルカを呼ぶ。

「本当に……」

言いかけた言葉に惑《まど》って、塙は口元を押さえて首を振った。

「いや」

「言ってくれよ、なんでも」

なんでもないと言葉を切ろうとした塙の腕を、きつくハルカが摑《つか》む。

火を掻き回していた廃材を、塙は缶の中に放り込んだ。

「あいつが俺に黙って消えるかな」

眉《まゆ》を寄せて塙が、いなくなった友人のことを思う。

何も言えず、ハルカは塙を見つめた。

塙と凜は、番《つがい》のような二人だった。ずっと小さなころから、親もなく二人で身を寄せ合うように生きて来たと聞いていた。いつか二人でちゃんとした部屋を借りようと誓い合っているのを、ハルカも聞いたことがある。

「女々《めめ》しいな。忘れてくれ」

唇を噛《か》み締《し》めて、一瞬目元に滲《にじ》むものを隠そうとして塙は掌《てのひら》で目を覆《おお》った。

「……塙」

「ハルカ、明日俺はここを出てく」

「塙」

「俺もう、ここにはいられない。何かしなきゃならない。そういう年だ」

引き留めて呼んだハルカに首を振って、塙が言い切る。

彼が出て行く理由が言葉どおりではないことは明白だったが、それならば余計に止める言葉は思いつかなかった。

「何処《どこ》に行くんだ?」

俯《うつむ》いてただ、ハルカはそれだけを聞いた。

「……さあ」

答えられず塙は、苦笑して目を伏せる。

「明日からは先生の言うことをよく聞け。あいつがリーダーだ」

眠っている友人を親指で指して、塙は言った。

じっと、ハルカはずっと兄とも思っていた少年の顔を見上げた。

いや、塙はもう少年とは言えない。青年になりかけている。大人になりかけた者たちは皆、何処に行くとも言わずにある日ふらりといなくなる。塙もここを出て行く時期だ。けれどそれは、凜と二人でのはずだったのではないだろうか。

「……ハルカ?」

堪《たま》らずに立ち上がり歩きだしたハルカを、塙が呼び止めた。

「こんな夜中に出歩くな」

「凜を探して来る」

振り返らないまま、ハルカが爪先に言葉を落とす。

「……おまえ」

「探して来る」

もう一度そう呟《つぶや》いて、ハルカは廃ビルの錆《さ》び付《つ》いた非常階段に飛び出た。

深夜の街を抜ける風は、薄着の肩に辛《つら》く触る。いいことは何もないので夜は廃ビルに閉《と》じ籠《こも》りきりになるのが普通で、こんな時間に出歩くことはほとんどない。

昼間とはまた違う、街を歩く者たちの様子に怯《おび》えを抱《いだ》きながら、それを抑え込むように息を詰めてハルカはチャイナタウンに走った。凜が生きてそこにいるとは思えなかったが、走らずにはいられなかった。

昼間登った木に、ハルカはよじ登った。塀に飛び移り、形ばかりの鉄条網《てつじょうもう》に手を引っかけて慌てて中に降りる。

廃園《はいえん》のような庭に降りて、ハルカは昼間とは違う屋敷の光景に驚いて目を剝《む》いた。

何処かで真っ暗なのではないかと思い込んでいた屋敷には、その思い込みと裏腹に廊下という廊下、窓という窓に火が焚《た》かれている。赤い、蠟《ろう》の火だ。

ぼんやりと硝子《ガラス》越しに揺れる無数の火は美しいというより恐ろしく、ハルカは息を飲んで立《た》ち竦《すく》んだ。

その廊下を、白い影が誰かに手を引かれて渡るのが映る。

「……鳥だ」

現《うつつ》のものとは思えない美しい人の姿に、覚えず、ハルカはそう呟いた。

——大陸から鳥が来る。

うっとりと言ったレスリーの声が、耳に返る。

遠くを見るように語られた言葉と白い影が、ぴったりと重なった。

——きれいな鳥がね。

「大陸から……来た鳥だ」

ぼんやりともう一度呟き、身を伏せて窓に寄る。

鳥は凜ぐらいの年頃の、少年か少女かはわからなかったが、白い中国の衣を纏《まと》っていた。白い光沢のある布に同じような糸で全身に繊細《せんさい》な刺繍《ししゅう》が施《ほどこ》されている。

内側から白い光を放つような肌をもっと近くで見たくて、危険だとわかっていながらハルカは窓に近づいた。

二階の奥の部屋で、従者に手を引かれていた鳥がレスリーと向き合うのが見える。

「……痛……っ」

鳥を見るのに夢中になって、ハルカはうっかり庭石を蹴ってしまった。

「……誰かいるのか？」

微《かす》かにだが響いた音に、険《けん》を持つレスリーの声が家屋《かおく》から投げられる。

ちらと、白い鳥が外を見た。蠟燭《ろうそく》の明かりが漏《も》れる薄闇で、しっかりとその黒い瞳がハルカを見つける。

「……!!」

口を押さえてハルカは、漏れそうになる声を噛み締めた。

鳥が騒いだら終わりだ。警察に突き出されるか、それともここで手酷《てひど》い罰《ばつ》を受けるか。

まるで感情を持たないかのような美しい目が、ハルカを見つめてほんの少し揺れた。

願いは聞かれまいと思いながら、必死でハルカが首を横に振る。

「どうした」

そう問いかけてレスリーが、鳥に歩み寄った。

もう終わりだと、ハルカがきつく目を閉じる。

けれど何も映らなかったかのように、鳥はふいと視線を外した。そのまま、レスリーに手を引かれて抱かれる。鳥はそのまま連れられて、ハルカの目の届かないところへ行った。

追う瞳を止められなくて、二階へ伝う排水管を登ろうかどうしようか迷う。

不意に、ハルカは肩を叩かれたような感触にびくりと体を揺らして後ろを振り返った。

錯覚《さっかく》なのか、廃園の土から青い火が幾《いく》つも上がるように見える。

震える口元を押さえて、逃げるようにハルカはその場を走り去った。


真昼なのにぼんやりと夢の中にいるような感覚に襲われて、ハルカは似合わない溜息《ためいき》をついた。

そんなハルカを見るのは仲間たちも初めてで、触らずに遠巻きにしている。

グループの人数は、三分の二に減った。塙《コウ》がいなくなって、それならば自分もと年長の者が何人か消えたのだ。

「どうした、ぼっとして」

廃ビルの非常階段に座ってチャイナタウンの方を眺めていたハルカの隣に、不意に、「先生」が座った。

彼もいなくなるだろうと何処《どこ》かでハルカたちは思っていたが、「先生」はここに残った。本当は何処かにちゃんと帰るべき場所があるのかもしれない。何処にも行こうとしない「先生」を見て、ハルカはそんなことを思った。

「塙たちがいなくなって、寂しいのか」

仲間たちの多くとは少し違うやわらかい言葉で、彼が問いかけて来る。

「……そんなんじゃねえよ。しょうがねえもん、塙が出てくのは」

「なんだ、聞き分けがいいな」

「大人んなったら、大人の世界があんのさ」

子供を褒《ほ》めるような口をきく先生をちらと睨《にら》んで、言い放ってハルカは踊り場に寝転がった。

「塙は今……どんなとこにいんのかな」

憧《あこが》れを隠さずに、ハルカが独り言のように呟《つぶや》く。

「きっとなんでもできる……大人んなったら。誰かに諂《へつら》ったりしなくてもメシが食えるし、誰のことも護れるし助けられる」

夢だろうかと思いながら、けれど惑《まど》わずハルカは言った。

「……ハル」

何処か咎《とが》めるように、先生がハルカを呼ぶ。

彼が自分の何を咎めようとしたのか気づかないまま、勢いよくハルカは起き上がった。

「なあ。あんたはなんで出てかねえの？」

不躾《ぶしつけ》な問いを、臆《おく》さずに投げる。ここでは誰もハルカのこういう物言いを咎めも気に掛けもしなかった。

「さあ、どうしてだろうな」

くすりと笑って、先生は訳《わけ》を語らない。塙たちが行った先には、ハルカが思うような光だけがある訳ではないことは、教えてくれはしない。

「俺たちの面倒見るためか？」

もう小さな子供がほとんどになってしまったグループを任された責任を感じているのかと、ハルカは問いを重ねた。

「そんなんじゃない。俺がおまえたちに面倒を見て貰《もら》ってるくらいだろ？」

笑って先生は、有耶無耶《うやむや》にその話を終わらせてしまう。

「それより俺はおまえの様子を見に来たんだけどな。いつも元気なおまえが最近やけに静かで気味が悪い」

「なんでもねえよ。ただちょっと……」

気を囚《とら》われることがあってと、言いかけてハルカは口を噤《つぐ》んだ。

口に出し掛けて初めて、自分が始終あの夜の幻のような絵を何度も思い出していることを知る。

蠟燭《ろうそく》の火が揺れる死んでいるような屋敷に、大陸から連れられて来た白い鳥の姿を。

「……先生」

呼びかけに自分を見た黒い瞳を瞼《まぶた》に映して、ぼんやりとハルカは口を開いた。

「中国語教えてくれよ」

膝を詰めて、滅多《めった》にしない頼み事を先生に申し出る。

「中国語って……広東語《カントン》か北京語《ペキン》か？」

「なんだよそれ」

キョトンとした顔で彼は、ハルカにはよくわからないことを言った。

「厳密に言うともっと沢山《たくさん》あるぞ」

「な、なんなんだよ。普通の中国語だよ。みんなが喋《しゃべ》ってる」

何かもっと簡単に考えていたハルカが、眉《まゆ》を寄せて狼狽《ろうばい》する。

「広東語かな……だけどおまえ、英語の方だって結構怪しいのにいきなり広東語か」

肩を竦《すく》めて先生は、困ったように溜息をついた。

「馬鹿にしやがって」

「拗《す》ねるなよ、そんなつもりじゃない」

ぷいと横を向いたハルカの頭を、瘦《や》せた手が笑ってクシャクシャにする。

「どうした。好きな子でもできたのか、チャイナタウンに」

「……っんなんじゃ……っ」

不意にそんなことを問いかけて来た先生に、まんまと真っ赤になってハルカは声を上ずらせた。

「姑娘《クーニャン》は手ごわいぞ」

揶揄《からか》いを露《あらわ》にした彼に、憤慨《ふんがい》してハルカが立ち上がる。

「まあ待てって」

短気を起こして行こうとしたハルカを、手首を取って先生が引き留めた。

「言葉は結構難しいから、歌を教えてやる。大陸の」

「いいよもう」

「いいから座れって」

年長者の一回り大きな体の隣にハルカを座らせて、考え込むような間を彼が置く。

「誰でも振り返る。そういう歌だ」

立てた膝の上に肘《ひじ》をついて、先生は歌を探して目を伏せた。

「……『悲歌可以當泣、遠望可以當歸。思念故郷……』」

「覚えられっかよっ、そんなの」

突然友が朗々と、普段とは全く違う音を奏《かな》で始《はじ》めたのに驚いて、覚えるどころではなくハルカが悲鳴を上げる。

「二節でも歌えば、続きは姑娘が歌ってくれるさ。ほら、復唱してごらん」

「本当にそんなんじゃねんだって……」

先生という徒名《あだな》に相応《ふさわ》しく指先で節を取りながらもう一度頭に戻った彼に、仕方なくハルカは後を追った。

「『悲歌可以當泣……』」

「悲歌可以……無理だって。だいたい意味がわかんねえから覚えらんねんだよ。どんな意味なんだ？」

あっと言う間に挫《くじ》けてハルカが、続きを歌おうとする先生を遮《さえぎ》る。

「たいした意味なんてないさ」

苦笑して、彼は首を振った。

「ないってこたねえだろ」

「まあ……そうだな。悲しい歌を歌うのは涙を落とすかわり、遠くを眺めるのは帰郷のかわり。故郷をしのべば、切なさがこみあげる。帰ろうにも待つ人もなく、河を渡りたくても舟はない。このつらい思いは言葉に表せない。まるで胸の中を車輪が廻《まわ》ってるようだ——と、そんなところだ」

「……信じらんねえ辛気《しんき》くせえ歌だな。もっとぱっとした奴はねえのかよ」

「悲しい歌の方が受けるぞ、中国娘には」

顔を顰《しか》めたハルカに笑って、さあ続きをと先生が言う。

抑揚《よくよう》の強い音で歌を綴《つづ》る彼の横顔に何かが映るのが見える気がして、ぼんやりとハルカはそれを見つめた。

「先生は……」

耳に流れ込む異国の言葉に、問いかけが自然と喉から這《は》い出《で》る。

「中国に帰りたいのかよ」

「……どうして？」

歌を止めて、不思議そうに彼はハルカを振り返った。

「なんとなく」

聞かれても理由などわかる訳《わけ》もなくて、ハルカが肩を竦める。

「行ったこともない国だよ。ここで生まれてここで育った。そんなにいいところだって話も……聞かないし」

何か言い訳のように彼は、手を振って言葉を重ねた。

けれどどうしようもなく瞳が、目を覆《おお》うようなダウンタウンの明るい空の向こうを探す。

「でも、帰りたそうだ」

「おまえの姑娘もそうなのか？」

問いかけでもなく呟いたハルカに、先生は問い返した。

「そんなのまだわかんねえよ。喋ったこともねえし」

目の前に白い衣の中国人形を思い返しながら、思わず呟く。

「……だから姑娘じゃねえっつってんだろ」

言ってしまってから彼が口の端《はし》を上げて笑っていることに気づいて、赤くなってハルカは踊り場の鉄筋《てっきん》を叩いた。

「もういいよ」

口を尖《とが》らせてハルカが膝を抱えるのに、悪かったと言って先生がまた髪を撫《な》でる。

その手を下ろして、ふと小さな息を、彼は聞かせた。

「……時々夢に見ることがあるよ」

少し躊躇《ためら》いながら、唇がその夢を語ろうとする。

「まだ見たことのない大地。広い緑色の川が流れて、金の砂が降る国。決して住み心地のいい場所だとは聞かないのに」

瞳はもう、空の彼方の大地を探していた。

「夢から覚めると、自分のいるべき場所がここでないような焦燥《しょうそう》に襲われる。何処かに還《かえ》りたくなる。その夢を見るとどうしようもない……不安な気持ちになる」

聞いてもハルカには理解しがたいことを、独り言のように彼は口にする。

キョトンとしているハルカを見て、先生は笑った。

「おまえはないのか？　そういうこと」

彼らの血が全て中国から運ばれて来たようにハルカの血もまたこの国のものでは決してなかったけれど、東の果ての国のことをハルカは思うこともなければ誰かに尋ねてみたこともない。

「……難しくて、よくわかんねえよ」

何処か寂しげな目をする彼をハルカはわかりたいと思ったけれどできずに、嘘をつかず首を振った。

憧れに似た瞳で、先生がハルカを見つめる。

「わからないならいいんだ、その方が」

ポンポンと、撫でるように軽く彼はハルカの頭を叩いた。

「じゃあもう一回だ、ハル。覚えて姑娘に歌ってやりな」

「だからそんなんじゃねえって……」

掌《てのひら》の下でハルカが顔を顰めるのもかまわず、先生がまた歌を教え始める。

けれど表情とは裏腹に、抗《あらが》わずハルカは彼について歌を習った。

表の門からふらりと、レスリーが出て行くのをハルカは確かめた。彼が見えなくなるのを待って、裏手へ走る。

まだ日が高かったが人目を憚《はばか》りながら、スルリと木に登って屋敷の中に飛び降りた。

すぐ目の前のテラスを、使用人らしき老女が通る。慌てて身を伏せてハルカは、彼女がいなくなるのを待った。

さっき先生が歌ったような言葉で、老女が家の中に声を掛ける。こうして聞くとまるで怒っているかのような抑揚《よくよう》だと思っていると、しばらくして老女は消えた。

身を伏せたまま、老女が声を掛けていた窓に近づく。

期待を込めて中を覗《のぞ》いたが、あの夜に見た幻のような鳥はいなかった。

「……やっぱ夢だったのかな」

顳顬《こめかみ》を掻《か》いて、溜息《ためいき》をつく。

「ぼけてたのか、夜中だったし。こうやってみるとあん時と同じ屋敷にも見えねえもんな……」

外壁の古ぼけた様を悪態《あくたい》づきながら、ハルカは見上げた。

そして鳥を見た二階のテラスから、白い袖《そで》がちらりと覗いていることに気づく。

「あ」

その袖の先から出ている蠟《ろう》のような手があの夜に見たものと重なって、ハルカは声を上げた。

「おい、……ちょっと。なあ、こっち。こっち向けよ！」

窓に微《かす》かに覗いた顎《あご》は、いくら声を掛けても動かない。

「っくしょう、待ってろ」

あまり大声を出す訳《わけ》にもいかず、ハルカはまた周囲を見回して排水管によじ登った。二階の窓の真横まで行くことなど造作もない。

だが窓の真横で白い手の主を見て、危うくハルカは錆《さ》びたパイプから落ちそうになった。

夜の蠟燭《ろうそく》の中の鳥とはまた、昼間の鳥は趣《おもむき》を違《たが》えている。光を全て弾《はじ》いてしまうような陶の肌は、今まで見たどの華人《かじん》とも違った。

石と見まがうような瞳がちらとハルカを捉《とら》えなければ、人形だと思い込む程だ。

「……おい」

一瞬自分を見ただけですぐに空の果てを追った瞳に、上ずった声をハルカは投げた。

「こっち向けよ、なあ。覚えてねえか？　こないだ夜見逃してくれただろう？」

まるで聞こえないかのように、美しい華人は瞬《まばた》きもしない。

「なんだよ、シカトかよ。こっち見ろって……やっぱ言葉全然わかんねえのかな」

こっち向けぐらい教わるんだったと悔やみながら、先生に無理やり詰め込まれた歌をハルカは思い出した。

「……しょうがねえな。ちゃんと、聞けよ。あー、『悲歌……可以……當泣、遠望……遠望……』くそ、なんだっけな」

怪しい節を合わせながらなんとか覚えている音を吐き出す。

ちらと、人形は空を見るのをやめてハルカに目を向けてくる。

「お、わかるか？『遠望……』なんだっけ、なあ。俺チャイニーズじゃねえからよ。あ、見りゃわかっか。ちょっと違うよな、似てっけど」

言葉が通じないとわかっていて、早口に言ってハルカは頭を掻《か》いた。

ほんの少しだけ、凍りつくように整って決して動かないかに見える人形の口元が綻《ほころ》ぶ。

微かにだけれどそれは笑ったように、ハルカには見えた。

「あ……おまえ、今笑ったのか？」

その顔に見とれて、窓の方に身を乗り出す。

「俺さ、俺……おまえに礼言いたくてさ。見逃してくれてサンキュって。そっち、行っていいか？」

一方的に喋《しゃべ》って、もちろん返事など待つ訳もなくハルカは窓に飛んだ。一歩身を引いた彼に笑って、臆《おく》さず部屋に飛び込む。

全身を見ると人形は、襟《えり》の詰まった足首まである白い中国服を着ていた。

「なんだよ、死に装束《しょうぞく》みてえだな。……やっぱ男か。つるんぺたんだもんな」

少しがっかりしながらも気を取り直して、ぼうっと自分を見ている少年に近づく。

「そういうの痩《や》せぎすっつうんだって、凜《リン》がよく言ってたな。自分だって痩せぎすだったくせによ。ああ、凜って、俺の友達なんだけどおまえここで見なかったか？」

表情を変えない少年に言葉を重ねて、広く冷たい部屋をハルカは見回した。

「こんくらいの背丈《せたけ》で、そういう髪で。おまえほどじゃねえけど、きれいなんだ」

長く落ちている黒い真っすぐな髪に、無遠慮《ぶえんりょ》に手を伸ばす。

少年は身を引かず、ハルカより高い目線からただぼんやりと目を見返してくるだけだった。

「……わかんねえか、全然」

肩を竦《すく》めて、ハルカが苦笑する。

「おまえなんでこんなとこに来ちまったの？　昼間っから閉じ込められて」

彼が自分の言葉を解さないことはわかっているのに、何もかもを吸い込むような瞳にどうしても問いが這《は》い出《で》た。

首を傾《かし》げた少年の髪が、さらりと、肩に落ちる。

陶器の首を撫《な》でて白に黒が映えるのに、美しいという言葉の意味をハルカは初めて知った気がした。

「なんでなんて、聞くまでもねえか。あの変態野郎の慰《なぐさ》みもんになってんだろう？」

眉《まゆ》を寄せてただ、その美しさを悼《いた》む。

「言葉もわかんねえのに、攫《さら》われて来たのか。売られて来たのか？」

穢《けが》れを持たないかのような肌の白さが痛ましく、無意識に、ハルカの指が少年の頬《ほお》に伸びた。

それを遮《さえぎ》るように、部屋の廊下からせっかちな足音が聞こえる。

「……ヤベッ」

「おい……」

不意のことに惑《まど》って振り返ったハルカの手首を、冷たい、青い血管の透ける手が引いた。

彼からの接触に驚いて言葉を失ったハルカを、少年が天蓋《てんがい》付きの寝台の下に押し込む。

ハルカがなんとかそこに滑り込むと同時に、戸も叩かず女の足が部屋の中に入って来た。

やはり東の国の言葉で早口に少年に何か言い、寝台に座らせている。床に置いた水を張った盥《たらい》に、女は少年の足首を摑《つか》んで爪先をつけさせた。

そのままそうしていろということなのか、言い聞かせるようにまた女が言葉を重ねて出て行く。足音も消え静まり返った部屋に、微かな水音だけが響いた。

盥の水は温かいのか、蒸気のように花に似た匂いが上って、ハルカのところにも届く。チャイナタウンで一度ならずも嗅《か》いだ、甘酸《あまず》っぱいその香りの正体があまり趣の良いものではないことをハルカは知っていた。

少年はハルカがいることなど忘れてしまったかのように、盥におとなしく足をつけている。

寝台の下から這い出て、ハルカは少年の足を持ち上げると盥を蹴り退けた。

「もう、言い付けられてもこの水には触るな」

座っている膝を抱《かか》えて、自分のシャツで爪先の水気を拭《ぬぐ》ってやる。

「絶対にだぞ」

人差し指を無機質な目に突き付けて、ハルカは窓辺に走った。

座ったまま自分を振り返った少年に、笑い掛けて窓を跨《また》ぐ。

「また来っから」

その瞳が少しだけ自分を引き留めているように見えて、手を振ってハルカはそう言葉を残した。


「随分《ずいぶん》熱心だな」

昼間から寒い屋上に出て、日の下で歌の続きを習うハルカに、先生が笑った。

「中々覚えらんねえからさ……」

「手ごたえあったのか？　最近よく昼間いなくなるみたいだけど」

「……歌の効果は、あったよ」

礼を言っておかなければなるまいとハルカが、少しばつ悪くそう告げる。

「こいつ、マセ過ぎだぞ。ガキのくせに彼女ができたのか？」

「俺はガキじゃねえよ、すぐにでっかくなるし、人の世話にだってなんねえ」

頭を抱《かか》え込《こ》んで言った先生の言葉が不満で、ハルカは胸を押し返した。

「それがおまえの大人の定義か」

笑いながら彼は、けれど何故《なぜ》だか酷《ひど》く切ない者を見るような瞳をハルカに向ける。

「……そうだ、好きなやつ飢えさせたりしねえし」

その瞳から逃れるように、俯《うつむ》いてハルカは言葉を重ねた。

「見殺しにもしない」

目の前を、様々な理由で理不尽《りふじん》に奪われて行った友の顔が行き過ぎる。

いい噂《うわさ》を聞かない男たちと歩いていたという塙《コウ》は今どうしているだろうと、彼と凜《リン》のことをハルカは思った。

「ハルカ」

行き場のない腹立ちに飲み込まれそうになる横顔を、やんわりと先生が呼び止める。

「もし、いつかおまえが今の言葉を裏切っても」

頰《ほお》に触れて、彼はハルカの目を捉《とら》えた。

「絶対に自分を責めるなよ」

「なんだよ……それ」

言い聞かせるように目を合わせられて、惑《まど》ってハルカが首を振る。

「覚えておいてくれ。……それよりその姑娘《クーニャン》とは何処《どこ》までいった？　キスぐらいしたか、おまえのことだから」

それきり重い口調を終わらせてしまって、先生は少し似合わないふざけた声でハルカの頭を抱え込んだ。

「そんなんじゃねえって……っ」

手を振り切ろうと足掻《あが》きながら、彼が姑娘だと誤解している陶製の人形のように滑《なめ》らかな少年の肌を思い出す。

「……なあ」

その肌に似合うものなど自分には少しも想像できなくて、騒ぐのをやめてハルカはポツリと呟《つぶや》いた。

「中国娘は何を喜ぶ？」

俯いたまま尋《たず》ねたハルカにくすりと笑ったけれど揶揄《からか》わず、先生が頭を抱く手を緩《ゆる》める。

「小鳥かな」

しばらく考え込んで彼は、ハルカを抱えたまま言った。

「竹の籠《かご》に入れて、きれいな小鳥を窓に置いてやれ」

「……あんたの言うことはいちいち古臭《ふるくさ》いんだよ」

「歌だって効果あったんだろう？」

照れて憎まれ口をきいたハルカに、先生が肩を竦《すく》める。

「小鳥は、盗まないで買ってやれ」

不意にそんなことを言って、彼はズボンのポケットから札を出した。

「ほら」

どうしてそんな金があるのか不思議で、キョトンとしてハルカがその手を見つめる。

「もしものために、少し除《よ》けてある金だ」

「でも……」

苦笑した先生に、そんな理由なら余計に受け取れずハルカは首を振った。

「最近は配給でも結構足りてるし」

引いている手をこじ開け金を握らせて先生が、上から、きつくハルカの手を握る。

「おまえはよく、やってくれてるから」

まだ小さな子供なのにと、彼の目が言っているのがハルカにも知れた。

けれど今は憐《あわ》れみを跳ね返せないほど、その瞳が痛い。

「……サンキュ、百倍にして返すよ。声が聞けること祈っててくれ」

「なんだ。まだ声も聞いてないのか」

ポケットに金を突っ込んで立ち上がったハルカに、呆《あき》れたように先生は溜息《ためいき》をついた。

「そう言うけどな、すっげえ上玉なんだぜ？　普通は拝《おが》めねえような別嬪《べっぴん》でさ」

地上へ降りる階段に歩いて行きながら、指で銃を作って彼を指す。

「信じとくよ」

「本当だって……俺なんかとっても」

とても信用してはいない顔をする先生に、言葉では語れない姿を映して見せてやりたくなりながら焦《じ》れったくハルカは立ち止まった。

「手に入れられないきれいな子なんだ」

そして落とした言葉に、別段寂しさを感じない自分を不思議に思う。

「……ハル。チャイナタウンに行くのはいいけど」

そのまま降りて行こうとしたハルカを、ふと立ち止まって先生が呼び止めた。

「塙に会ってももう声を掛けるなよ」

彼にしては少しきつい声が、ハルカを振り返らせる言葉を聞かせる。

「……なんで」

「塙もきっと、そう望んでる」

反発しようとしたハルカに、いつになく真面目《まじめ》な顔で先生は言った。

答えず、ハルカが階段を駆け降りる。

彼の言うことは、まるでわからないことではなかった。いや、そう思おうとしながらけれど本当はわからない。塙は何も変わっていないと、ハルカは信じている。彼が自分が望むような大人になることも。

一息にチャイナタウンまで走って、息を切らせてハルカは膝に掌《てのひら》をついた。

いつも通る小道に入って、うるさい程の鳥の声がする小さな店に入る。

「なんだい。あんたたちの来るとこじゃないよ」

神経質そうな痩《や》せぎすの女が、ハルカを一目見るなり吐き捨てるように言った。

「うるせえババア」

女を睨《にら》んでポケットから、先生に貰《もら》った札を出して見せる。

驚いて胡散臭《うさんくさ》そうに彼女が自分を見るのを鬱陶《うっとう》しく思いながら、ハルカは絶え間無く騒ぐ鳥を見て回った。多いのは白く嘴《くちばし》の鋭い文鳥だ。確かにあの少年には似合うだろうけれど、肌に溶けて見えなくなってしまいそうだ。

「あ……」

一羽の小鳥の前で、ハルカは足を止めた。

水色の羽に白の混ざったおとなしい小鳥は、少年が見つめていた空の果てに似ている。

「これ、いくら?」

多分無理だろうとわかっていたけれど、ハルカは空色の鳥を指さして女に聞いた。手に握り締めた札は、不機嫌そうに女の答えた金額の半分にも満たない。

あきらめきれずに、ハルカは小鳥を見つめた。明るい色の羽が白い指に止まるところを想像すると、笑わない中国人形が微笑《ほほえ》んでくれるような気がしてくる。

「姑娘にあげるのかい」

不意に脂《あぶら》っ気《け》のない指が目の前に伸びて、籠の蓋《ふた》を開けた。

「ませたガキだね」

嗄《か》れた声で悪態《あくたい》づきながら女が、小さな竹の籠に無造作《むぞうさ》に小鳥を放り込む。

「残りはまた払いに来な」

言い捨てて女は、ハルカの手から札を取ると籠を胸に押し付けた。

突然手の中に渡された小鳥に、驚いてハルカがじっと女を見る。

「さっさとお行き。いつまでも店の中にいられちゃ迷惑だ」

奥の椅子に座って本を読み始めながら、女は追い払うように手を振った。

「……払いに来るよ、必ず」

ぽつりと床に言葉を落として、微《かす》かに頭を下げる。

青い小鳥の入った竹籠を抱えて、ハルカは外へ飛び出した。小鳥を気遣《きづか》いながら、レスリーの屋敷に走る。丁度彼が出掛ける頃合いだ。

屋敷に面した道への角を曲がると、反対側へ背の高い恰幅《かっぷく》のいい男が歩いて行くのが見えた。

いいタイミングだと裏手に回り、もうすっかり慣れてしまった塀《へい》を、竹籠に苦労しながら越える。

二階の窓辺に、白い鳥が止まっていた。もしかしたらここ数日この時間に通って来る自分を待っていたのだろうかと、少し自惚《うぬぼ》れる。

指笛を吹いて、ハルカは彼を呼んだ。

「……おい」

ちらとだけこっちを見た少年を、手で招く。

「降りて来いよ、なあ。お土産《みやげ》持って来たんだ、これ持ってちゃ登れねえからさ」

竹籠を掲《かか》げて、動く様子のない彼にハルカは鳥を見せた。

「なんだよ、来ねえのかよ」

ぼんやりと少年は、ただハルカの手元を見ている。

少し肩を落として、ハルカは一階のテラスに竹籠を置いた。

そして行こうとしながら、未練《みれん》でもう一度振り返ると、少年が窓枠に足を掛けている。

「おい……っ」

距離感がないのか彼は、そのままふわりとハルカのところに飛び降りた。

慌てて、両手でハルカがその体を抱きとめる。いや、上背《うわぜい》がかなり彼より小さいハルカには抱きとめることは叶わず、クッションになるのが精一杯だった。

「い……いってーっ。てめ、危《あぶ》ねえじゃねえかよっ」

けれど細い体は紙のように軽く、本当なら大怪我《おおけが》をしてもおかしくないところなのにハルカは精々腰を痛めた程度だ。

「……大丈夫かよ、おまえは」

腕の中で甘い花の匂《にお》いをさせる少年の髪を払って、ハルカは聞いた。

答えないが特に怪我をした様子もない。

「あの、水の匂いすんな。あんだけ言ったのに、盥《たらい》に足つけてんのか」

叱《しか》ったハルカの言葉に、少年は首を傾けた。

「盥の水だよ、足」

手で盥の形を作って、浮き出た彼の踝《くるぶし》をハルカが叩く。

少し考え込んでから少年は小さく首を振ったが、白い肌に陰《かげ》が差しているのは明らかだった。

「……来な。見てみろよ、鳥」

自分の上にいつまでも乗っている彼の手を、溜息《ためいき》をついてハルカが引く。されるままの少年をテラスに座らせて、膝に竹籠を抱かせた。

「きれいだろ？」

じっと籠の中を見ている彼に言って、隣にハルカが腰を下ろす。

籠を抱えて、問うように少年はハルカを見た。

「おまえにやるよ」

覗《のぞ》き込《こ》む目線から、笑って告げる。

「いいんだ、俺、おまえに会うのすげえ楽しいんだ」

生まれて初めての、人にものを贈る訳《わけ》を、呟いてハルカは後ろに寝そべった。

「お姫様に会ってるみてえでよ……なんか」

空を見上げながら落とした自分の言葉が、可笑《おか》しくて笑う。彼にわからないと思うから、こんなことも言えるのだろうと思う。

さらりと髪を落として、少年は籠の入り口を上げた。細い指を、そっと、中に忍ばせる。

抵抗なく小鳥は、少年の指に止まった。

白い手の上の青い鳥を、同じ色の空に少年が晒《さら》す。

それを見上げる横顔にハルカが見とれていると、ふいと少年が指を浮かせたせいで小鳥は空に羽ばたいて行ってしまった。

「あ……っ」

頼りなく見えた羽で小鳥は、すぐに青に溶けて見えなくなる。

「なんだよ、せっかく喜ぶと思って」

追うように数歩駆けて、諦《あきら》めざるを得なくハルカは溜息をついた。

振り返ると少年は、もう見えなくなった鳥を瞳で探している。

「……おまえも、逃げたいのか?」

籠を抱いたまま空を見ている少年に、ハルカは歩み寄った。

そんなことは叶《かな》わないだろうと思いながら返らない問いの答えを待って、彼を見つめる。

高く詰まった白い襟《えり》の下に、酷《ひど》い痣《あざ》があることにハルカは気づいた。手を伸ばして抗《あらが》わない彼の髪を避《よ》け少し襟を開けると、色が褪《あ》せたものや昨日つけられたようなものや、沢山《たくさん》の痣や傷が首から胸へ刻まれている。

「おまえ……」

息を飲んでハルカは、ものを言わない鳥の瞳を見つめた。

瞳はハルカを通り越して、まだ小鳥を追っている。

首の痣は大きな手で絞められたように、白い肌を穢《けが》していた。


鳥の背中には白い羽があった。

堅い肩甲骨《けんこうこつ》の側から、きれいな翼が生えていた。

そうか、飛べるのか。なら何処《どこ》へでも帰れるんだな。

安堵《あんど》して笑ったハルカの目の前を、男の腕が伸びる。

酷《ひど》く残酷《ざんこく》な指が、躊躇《ためら》いもなくその羽をもいだ。


「……っ……」

全身に汗を掻《か》いて、ハルカは跳ね起きた。

暗い視界に一瞬訳《わけ》がわからず辺りを見回して、目の前で吹き出した血が夢だったことを知る。

長い息を吐いて背を丸めると、隣で眠っていた靈《リム》が目を覚ました。

「……怖い夢でも見たの？」

目を擦《こす》りながら靈が、掠《かす》れた声でハルカに問う。

「……ああ」

頷《うなず》いてハルカは、襟《えり》の中を掌《てのひら》で拭《ぬぐ》った。

黙り込むと随分《ずいぶん》人の減った部屋が、やけに静かに寂しく感じられる。

「ハル、最近何処《どこ》に行ってるんだ？」

横たわったまま目をこじ開けて、靈は問いを重ねて来た。

「ああ、悪《わり》ぃな。おまえのことかまってやれなくて」

「そんなこといいけどさ」

言葉とは裏腹に少しつまらなさそうに、靈が口を尖《とが》らせる。

「ハル、ちょっと変わったよね」

「……変わった？　どんな風に」

問い返されて靈は、考え込む間を置いた。

「わかんないけど。なんか大人っぽくなったかな」

賛辞《さんじ》のようなことを言いながら、靈の目は何処か不満そうだ。

「……んなことねえよ」

髪を掻いて返したハルカの答えを聞いたかどうかもわからないまま、靈はまた眠りに落ちてしまった。

もう一度眠ろうとハルカも横になったが、目が冴《さ》えて闇が薄くなるばかりだ。

――怖い夢でも見たの？

問われた声が耳に返る。

白い鳥の肌から零《こぼ》れるあの赤は、本当に夢だろうか。

ちらとハルカは、靈を見つめた。

こんな小さな靈にも、誘うようなことをレスリーは言った。普通は少年でも少女でも、あまりに小さいうちは体を売ったりしない。怪我《けが》をして死んでしまうから大人がお金をくれると言ってもついて行っては駄目《だめ》だと、凜《リン》は小さい子たちに言っていた。その凜も決して幼くないとは言い難かったけれど。

冷たい、ぞっとするような闇を孕《はら》むレスリーの目を、ハルカは思い出した。

何をするかわからない。あの男なら。

そっと、ハルカは寝床から這《は》い出《で》て塒《ねぐら》を出た。深夜の街を駆けて、レスリーの屋敷に向かう。

今日は随分と高く感じる塀《へい》を、木に登って飛び越えた。

凜を探しに来た夜に見たような蠟燭《ろうそく》は、今日は灯《とも》されていない。いつも少年が閉じ込められている、あの二階の部屋を除いては。

窓を見上げて動けずに、しばらくの間ハルカはただそこを見ていた。

不意に、火が大きく揺れて、人の影が窓に映るように見える。

次第《しだい》に鼓動《こどう》が大きくなって、見ない方がいいと胸の中でハルカは呟《つぶや》いた。けれど思いとは裏腹に足が、窓の下へ向かう。

躊躇って佇《たたず》んでいると、最初の夜に見たような青い火が、庭の土から上がった。その火の一つが、目を見開いているハルカに近づいてくる。

「……凜?」

何も見えないのに何故《なぜ》だか凜の存在を感じて、小声でハルカは聞いた。

もちろん答えは返らず、熱くない火が、前へハルカを押し出す。

「行けって……言うのか?」

背を押されたような気持ちになって、ハルカは排水管に手を掛けた。

音が響かないようにゆっくりと、二階へ上がる。近づくと、板の軋《きし》む音がハルカの耳に届いた。

あの天蓋《てんがい》のついた寝台の音だと、見ずともわかる。この部屋にそんな音を立てるものは、他に何もない。

窓に伸ばした手が、震えた。

息を飲む音が籠《こも》って、自分の耳に届く。

大きな物音に混じって、悲鳴のような声が聞こえた。それがまだ聞いたことのないあの鳥の声だろうかと、自然に体が窓に寄る。

そうして——体を売っている少年たちが何をしているのか自分がわかっていると思っていたのは大きな誤解だったことを、ハルカは知った。

なんの猶予《ゆうよ》も与えない狂った腕に、少年は肉を引き裂かれている。

息もできずにハルカは、小鳥の羽がもがれるのを見た。


定期的にダウンタウンを巡《めぐ》って行《ゆ》く救世軍の配給を手に皆が談笑する中、ハルカは膝を抱《かか》えて足元を見ていた。

震えて塒《ねぐら》に戻っても、昨日は一睡《いっすい》もできなかった。日が昇れば恐怖が止《や》むかと思ったが、少しでも目を閉じると瞳の奥から蠟燭《ろうそく》の向こうの化け物が爪を翳《かざ》して小鳥の肉を裂く。

「……っ……」

耳を塞《ふさ》いできつく目を閉じて、ハルカは息を詰めて首を振った。

「……ハル、ハルカ」

不意に肩を揺すられて、びくりと顔を上げる。

心配そうに、「先生」がハルカの目を覗《のぞ》き込《こ》んでいた。

「……先生」

「具合でも悪いのか？　顔色が悪いぞ」

少しかさついた指が、ハルカの額《ひたい》に触れて熱を測る。

「食欲もないみたいだし」

ちらと手のつけられていないパンを見て、先生は溜息《ためいき》をついた。

「それとも姑娘《クーニャン》と上手《うま》くいってないのか？」

「先生」

明るい方に話を持っていこうとした彼を、ハルカが遮《さえぎ》る。

「凜《リン》たちが大人に金貰《もら》って、どんなことしてたか知ってるか？」

膝を摑《つか》んで問いかけたハルカの目に、先生は一瞬息を飲んで言葉を無くした。

「……知ってるよ」

「本当に知ってんのか？」

口に出し掛けて嘔吐感《おうとかん》が込み上げ、胸を掻《か》いて俯《うつむ》く。

「嘘だ先生。先生だって本当は知らねえよ、知ってたら行かせられるもんか。あんな……」

首を振って指先を白くさせて、ハルカはまた鮮明に天蓋《てんがい》の下の光景を思い出した。

「凜は死んだんだ」

確信が膝の上に、独りでに落ちる。

「殺された。あいつも……あいつも今に殺される」

「……ハルカ」

震えて正気を無くしたように呟《つぶや》いたハルカの肩を、先生が強く揺すった。

「小さい子たちが動揺する」

顎《あご》で周囲を指した先生にハッとして、怯《おび》えたように自分を見ている霊《リム》に気づく。

けれど今は平静を装《よそお》える力は無く、揺れようとする肩をハルカは痣《あざ》ができる程強く摑んだ。

「何を……見たんだ、ハル。あいつって誰だ？」

そのハルカの気に障《さわ》らないようにそっと、先生が掌《てのひら》で頰《ほお》に触れる。

「おまえのいい子が、酷《ひど》い目にあってるのか？　なら民生委員に言って」

「民生委員なんかあてんなるかよっ」

親身に言ってくれた言葉を受け取れず、ハルカはその手を振り払った。

誰が凛を殺したか、どんな風に殺したか。

言ってもきっと誰も信じないことを、ハルカはわかっていた。

——時々、そういう目で私を見る者がいる。

時々と、あの男も言った。何故《なぜ》自分だけがそれに気づいたのか、本当のところハルカにもわからない。あの男の狂気はいつも瞳の奥に潜《ひそ》んでいるのに、皆にはそれは見えない。

「俺が」

誰も頼れないと、ハルカは唇を噛《か》んだ。

「俺が助けてやらないと……」

取《と》り憑《つ》かれたように呟きが漏《も》れて、自然と足がそこを離れようとする。

「ハル！」

駆け出して非常階段に飛び出たハルカを追って、先生が叫んだ。

「誰を助けに行くんだ？　駄目だ一人で危ない真似《まね》をしたら。おまえはどう思ってるかわからないけど……っ」

一瞬だけ足を止めたハルカに階段の上から身を乗り出して、彼は声を上ずらせる。

「おまえは、おまえが思ってるよりまだ全然子供なんだ。小さな」

それを言うのが辛《つら》いというように、先生の眉間《みけん》が寄った。

「力のない」

　躊躇う唇が、それでもハルカを助けるためにそう呟く。

「わかってるよ、先生」

　手摺りをきつく摑んで、ハルカは彼を見上げて笑おうとした。けれどできずに、ただ足元だけを見る。

「でも俺はあいつを死なせたくないんだ」

今自分が吹きさらしの階段に立っている訳《わけ》を、彼に教えるともなくハルカは言った。

「初めてなんだ。大事なもの」

そのまま、高く響く音を立てて階段を駆け降りる。

背から友人が自分を呼ぶ声と足音が聞こえたが、振り切ってハルカはいつもの道を走った。

誰かに迷惑は掛けられない。ましてや中国系の友人を連れて行ったりはできない。

レスリーが出掛けているのかどうかを確かめる余裕もなく、ハルカは屋敷の中に忍び込んだ。

一時でも早くという気持ちが急《せ》いて、辺りの人気《ひとけ》を窺《うかが》わず窓の下に走る。小石で、閉まっている窓の硝子《ガラス》をハルカは叩いた。

「……降りて来いよ」

間を置いて顔を見せた少年を、手で招く。

「来いよ、こないだみたいに」

遠目に見ても彼は、日々弱りやせ細っているのが明らかだった。

「受け止めてやるから、早く！」

焦《あせ》りに、ハルカの声が大きくなる。

手招きの訳を察して、少年は窓に手を掛けた。力が入らないのか、体が傾く。ふらりと一度窓に凭《もた》れてから、それでも彼はハルカの腕に飛び降りて来た。

「……痛っ。……いや、痛くねえよ。全然痛くねえ」

声を漏らした自分を一瞬心配げに見た少年に、笑って首を振る。

「おまえ、軽いからなんともねえよ」

腰を抱くと手に骨の形がそのまま当たって、強くなる甘い香りとともにハルカの焦燥《しょうそう》を深めた。

「俺と一緒に来い」

少年の髪を掴んで、言い聞かせるように強く言う。

「逃げるんだ、おまえあいつに殺されちまうよ」

手首を掴んでハルカは、立ち上がって強く引いた。

「もっと早くこうすりゃ良かった。大丈夫だ、おまえの言葉がわかる奴もいるから」

行こうとするハルカに、少年は立ち上がらない。

「逃げるんだよ。わかんねえのか？」

惑《まど》ってか自分を見ている彼を無理やり立たせて、ハルカは駆け出した。簡単なことだ。あの塀《へい》を越えさせてやればいい、それだけのことなのだと足を急がせる。

不意に、塀にたどり着こうとしたハルカの背を、響く音が迫った。

カッと、腕が熱くなったが何が起こったのかわからない。腕を見ると服が破れて、いつもと違う肌色の肉が覗《のぞ》いていた。何故熱いのだろうと思って見ていると見る間にその肉が裂け、驚く程の血が中から溢《あふ》れてくる。

「この子にも友達がいてもいいかと思って、見逃していたんだが」

傷を押さえて膝をつくと、聞き覚えのある声が耳に届いた。

「連れて行くのはやり過ぎだね」

振り返るとレスリーが、銃を手にハルカと少年を見下ろしている。

降りない銃口に、少年がハルカを庇《かば》って前に出た。

「よせ、どけっ」

血のついた指で押しのけようとしても、少年は強情にどかない。

家に向かってレスリーは、「先生」と同じ言葉で何かを叫んだ。この死んだような屋敷には本当に番人がいないのか、前に見かけた老女が下男を一人連れて駆けてくる。

顎《あご》でレスリーは、少年を指した。かん高い声で何かを言い立てながら、少年の腕を両方から摑む。

首を振って、少年は抗《あらが》いを彼らに見せた。けれど叶《かな》わず力ずくで立たされてしまう。

「連れてくな……っ」

何度も振り返りながら引きずられて行く少年に、ハルカは叫んだ。

「死んじまうよっ、そいつ！」

悲鳴のような声は、異国の言葉しか解さない者たちを引き留めない。

「……自分の心配をした方がいいんじゃないのか？」

「こんな町中で銃なんか使って……すぐに警官が来るぜ」

「誰も通報なんかしないさ」

肩を竦《すく》めて、銃を構えたままレスリーは周囲を見た。

「元々おまえの不法侵入だ。子供を殺すのは胸が痛むがな」

確かに彼の言うとおり、ここでハルカが撃たれて死んでもきっとそれは事故で片付けられてしまうような些細《ささい》な死に過ぎない。

それに街から道で暮らす子供が一人いなくなっても、気に留める者はいないだろう。

何も希望のない自分が消えることを、少し前までならハルカも今のように厭《いと》わなかったかもしれない。路上から子供が消えることを気に留めない者たちと同じに自分でさえも、自分自身が消えて無くなることがたいしたことだとも思えなかったかもしれない。

「嘘……つけよ。子供を殺すなんて、あんたにはなんでもねえことだろ？」

けれど今は違った。

あの少年といたい。あの少年を助けたい。

この男の手元にあの少年を残すことが、酷く辛い。怖い。

死にたくないと、初めて心から生に執着する。

「凜も殺して……」

痛みを忘れて神経を張り巡らせながら、彼の手から逃れる隙《すき》をハルカは窺った。

「凜だけじゃねえ。あいつもおまえは殺す気だ。他にも沢山《たくさん》の黒髪の子供を抱き殺したんだろう⁉」

「凜はニューヨークだ。言っただろう」

間合いを計りながら睨《にら》んで叫んだハルカに、レスリーが首を振る。

「あいつはここにいるよ」

確かに感じていることを、ハルカは彼の目を見て告げた。

「俺にはわかる。凜はここで迷ってる」

首を傾げてレスリーが、ハルカの言葉に笑う。

何も感じていないかのような瞳に全て己《おのれ》の妄言《もうげん》かと一瞬惑って、騙《だま》されまいと必死でハルカは首を振った。

「俺はごまかされない。あんたは狂ってるよ」

大きな手が少年の肘《ひじ》をねじ上げて押さえ付ける様が、目の前を過《よぎ》る。

「なんで……」

肌を裂かれ首を絞め上げられ、肉を分け入られる悲鳴が耳に返った。

「なんであんなことするんだよ」

あれは暴力だ。それも酷く残酷な、躊躇《ちゅうちょ》の感じられない、狂った抱擁《ほうよう》だ。

「どうしてあんな風にするんだよ！」

様々な暴力の交錯《こうさく》するこの街に生まれてもハルカは、彼の施《ほどこ》すような絶望的な行いを未《いま》だ見たことが無い。

「……どうして？」

問いかけに答えるようにぼんやりと、レスリーの首が傾いた。

笑おうとした頬が、ひくりと痙攣《けいれん》する。

「どうしてなんだろうね……」

唇は引《ひ》き攣《つ》れて上がったけれど、痙攣は少しずつ大きくなった。

「私も何度も思ったよ、どうしてなのか」

頬の震えを押さえようとして、血管の浮き出た手が肌を押さえる。

「だけどわからない」

押さえても震えは止まず、彼は戦慄《わなな》く掌を見た。揺れるレスリーの瞳に、不意に、正気のかけらが映る。

「……レスリー」

「埋めても埋めても、足りないんだ」

その正気を手繰《たぐ》るように覚えず名を呼んだハルカの小さな肩を、強《こわ》ばった手が摑んだ。

「痛っ」

きつく肌に指が食い込むのに、顔を歪《ゆが》めてハルカが首を振る。

「私には何か足りない」

構わず、レスリーは縋《すが》るように顔を寄せて来た。

「最初から……大切なものが欠けている。それが立っていられない程の不安になって、いつでも私を苛《さいな》む。いつでもだ」

まるで逆にハルカにその訳を問うように、綴《つづ》る声が上ずる。

「欠けたものを探して、遠い大陸を呼ぶ。私の心はあの国を、狂おしいほど繰り返し呼ぶ」

呟いてからレスリーは、わからない顔をするハルカに酷く穏やかに笑った。

「けれど呼んでも何も返らないから、胸の奥がざわついて眠れない晩がある。何かに食らい尽くされてしまいそうに恐ろしくて、そういう晩はとても一人ではいられない……っ」

その笑い顔はすぐに泣いているようにひきつって、レスリーの指がさらにきつくハルカの肌に食い込む。

恐怖に心臓を摑まれながら、逃れられずただハルカは彼の目を見返した。縋って来る彼が怖い。返せる言葉も振り払う力も、恐怖が奪っていく。

「私は病気だ」

呆然《ぼうぜん》と、彼は言った。

「この病《やまい》は治《なお》らない」

放ってしまった言葉に自ら、瞳を絶望に染めている。

何も言えないハルカに、眉を寄せてレスリーは笑った。

「何が見えているんだい、君には。うまく隠しているつもりなのに」

銃を握っている方の手が、力無く地に落ちる。

「それとも……もう、駄目なのか？」

掠《かす》れた声で呟きながら、レスリーはハルカの肩に顔を埋めた。

「助けてくれ」

力無い悲鳴が、彼の口元から漏れる。

「助けてくれ、坊や」

叶えられないことをわかっていて、レスリーはもう一度言った。

「……なら、あの鳥を放せよ」

本当は今すぐ彼を振り払って駆け出したい恐ろしさに足を取られていたが、逃げず、声を揺らしてハルカが告げる。

「もう、触るなよ。子供に触るなよ」

落ちそうになる膝に力を込めて、声が上ずるのを堪《こら》えてハルカはもう一度言った。

ふっと、ハルカの肩に掛かっていた重みが退いた。なけなしの言葉を、彼が受け入れるのかと一瞬誤解する。

けれどレスリーは、触れる程近くでハルカの首を振って見せた。

「駄目だ」

深い陰《かげ》が黒い瞳に差し、声は絶望に嗄《か》れた。

「あの子は私の祖国なんだ」

まだ若いはずのレスリーが、老人のように疲れを見せる。

「見たことのない……大陸だ。私の暗夜の還《かえ》る場所だ。欠けている闇に灯る火だ」

胸を押さえてぼんやりと呟く言葉は、もはや独り言のようだった。

「あの子は放さない」

けれどはっきりと言って、ゆらりと、レスリーが立ち上がる。

それきり彼はハルカを振り返らず、何も見えぬかのようにふらふらと歩いて行った。何処《どこ》に帰るともわからずにいる足元が、覚束無《おぼつかな》く蹌踉《よろ》めく。

あの足に、少年は連れて行かれると、ハルカは思った。滅びようとする爪先が、道連れを探している。

不意に、日が陰った。


会えずにいた人を、チャイナタウン中を歩いてハルカは探した。他に頼れる人は思いつかなかった。友人に会うことを止められていたけれど、顔を見れば彼は喜んでくれるだろうと何処《どこ》かで期待していた。

けれど当ては外れた。

屋台も途切れる裏路地で見つけて、追いかけて押しかけた安アパートの日の差さない部屋で、塙《コウ》は酷《ひど》く迷惑そうに窓辺に立って外を見ていた。

「塙」

久しぶりに会ったというのに何も言葉をくれない塙を、狭い部屋の戸口からハルカが呼ぶ。

頼み事があって彼を探したのだけれど、彼の様を見ていると気後《きおく》れして続きが継げなかった。

態度だけではない。印象も、随分《ずいぶん》と変わってしまっている。

顔色が悪く、目が人の目を捉《とら》えないことに慣れてしまっていた。以前の面影《おもかげ》はもう何処にもない。

「……何しに来た、ハルカ」

長い間を置いてようやく、溜息《ためいき》を聞かせながら塙は言った。

「もう俺に声を掛けるなって、先生に言われなかったか」

肩に馴染《なじ》んでしまっているスーツのポケットから撚《よ》れた煙草《たばこ》を出して、口に銜《くわ》える。

「そう言うように、俺が頼んだのに」

つきの悪いライターで火を灯《とも》しながら、前より鋭角になった口元から塙は煙を吐き出した。

「なんでだよ」

本当は彼を見るなり、友人に会うことを止められた訳《わけ》はぼんやりとハルカにも知れたけれど、それでも頷《うなず》けずに嚙《か》みつくように顔を上げる。

「俺ずっと会いたかったんだよ、塙に」

正直な気持ちを、ハルカは年上の友人に迷うことなく明かした。

「俺も……早く塙みたいになりたいって」

思っていたと、けれどその言葉は最後まで吐けない。何を聞かなくとも今の彼は、ハルカが夢に見ていた塙とあまりにも違った。

投げようとした言葉に、塙が振り返った。賛辞《さんじ》を受け取らず、咎《とが》めてハルカを睨《にら》みつける。

何処か憎みさえするような瞳を塙が自分に向けるのが辛《つら》く、ハルカは唇を嚙んだ。

そのハルカの顔に眉《まゆ》を寄せて、塙が伏せた瞳から険《けん》を追いやる。

「ハルカ」

以前聞いたような声で、俯《うつむ》いたまま塙はハルカを呼んだ。

「おまえ、親がいるんだろ?」

いい事情で寄せ合っている訳がないことは知れているのであまり互いに語ったりしないことを、塙が問いかけてくる。

「……うん」

なんの話を彼がしようとしているのかまるでわからず、ハルカはただ頷いた。

「帰れるなら、家に帰れよ。今のうちに」

ささくれ立った床を眺めながら、信じられないことを塙が呟《つぶや》く。

耳を疑って、ハルカは塙の瞳を追った。

「……何言ってんだよ」

咎めるように、掠《かす》れた声を彼に聞かせる。

「少なくとも凍《こご》えることはないだろ」

「帰った方が地獄だ。腹が減ったり、寒い思いするより」

時に命を奪われる者さえいる飢えも凍えも、辛くない訳はなかったがハルカは言い切った。

「まだ底がある、ハルカ」

そのハルカの言う地獄をわかっていないはずはないのに、塙は首を振る。

息を飲んで、ハルカは友人の血の気のない瞼《まぶた》を見上げた。

「……どんな？」

込み上げる抗《あらが》いを封じられず、上ずった声で尋《たず》ねる。

「お袋が男を引っ張り込んでるのを見るのよりも？　その金で酒を飲んで親父が俺やお袋を椅《い》子《す》や酒瓶《さかびん》で殴るのよりもか？」

責めて駆け寄ったハルカを、何も言わず、長いこと塙は見つめていた。

時が経《た》って、日が差さない部屋がますます暗さを増す。

「……そうだな」

ぽつりと呟いて、筋張《すじば》った手を塙はハルカに伸ばした。

ぶたれるのかと一瞬、痩《や》せた肩が揺れる。

「何処にも、帰るとこなんてないよな」

酷く切なそうにそんなハルカに笑《え》んで、小さな頭に彼は掌《てのひら》を乗せた。

その手は昔と何も変わっていないと、錯覚《さっかく》させられる。

「……塙」

怖《お》ず怖《お》ずと、ハルカは顔を上げて塙を見た。

「頼みがあるんだ」

部屋の蔭《かげ》りのせいで読み取れない表情に惑《まど》いながら、口を切る。

「銃が欲しい」

真っすぐ彼の目を見上げて、ハルカは言った。

眉を寄せて訳を問うように、塙がその目を見返す。

「……死なせたくない、奴がいるんだ」

やけに乾いてしまった唇で、瞳の問いにハルカは答えた。

「護りたいんだ。そいつを」

縋《すが》るように、言葉を重ねる。

何か言おうとして、塙は口を開いた。けれどその言葉は吐かずに溜息にして、一旦《いったん》唇を合わせる。

「羨《うらや》ましいよ」

言葉どおりの羨望《せんぼう》を、塙は声に覗《のぞ》かせた。

「俺にはもう何も望みがない」

肩を落として、もう傍《かたわ》らにいない友を、探して瞳が彷徨《さまよ》う。

彼はいないのだと、何度も確かめたそれをまた思い知って、塙は作り付けの棚に足を向けた。

「俺にはもう」

独り言のように呟きながら、錆《さ》びた鍵のついた引き出しを引く。

「大事なものも、護りたいものも何もない」

中から出した古い型の銃を、手の中に塙は見つめた。弾《たま》を確かめて、振り返る。何も言わず塙は、汚れた布にそれを包んでハルカに手渡して寄越した。

「……塙」

「いいから行きな」

いいのかと顔を上げたハルカに、以前よく見せたやさしい顔で塙が一度だけ笑う。

それは一瞬ですぐに塙は笑うのを止めたけれど、ハルカは頷いて戸口に走った。

「死ぬなよ、ハルカ」

出て行く肩を、塙の声が少しだけ止める。

「生きても……俺のようにはなるな」

階段を駆け降りる背を力無い言葉がまだ追ったけれど、ハルカの耳にはもう届かなかった。


塀《へい》を乗り越えるのにハルカが登っていた街路樹が、警告のように切り倒されていた。錆《さ》びた有刺鉄線《ゆうしてっせん》はすげ替えられ、屋敷は完全に侵入者の来訪を拒《こば》んでいる。

闇を待ってハルカは、通用門が開くのを向かいの小道で待った。身じろぎもせず、ただ数時間そこに張り付く。他に名案も奇策もなかった。焦《あせ》りだけがハルカを、そこから動けなくした。

多分もう、あの鳥はそう長くはもたない。毎夜主《あるじ》に殺されて、息が絶えるのをどうすることもできずに待っている。

まだ深夜とも呼べない時間に、不意に、通用門が開いた。目の迷いかと身を乗り出すと、屋敷のことを一切賄《まかな》っているらしき老女が、何か足りぬ物があったのかせかせかと出て来た。

そんなものを信じたことはないが、神が味方したと思いながら駆け寄る。鍵《かぎ》を掛けようとした女の腹に飛び込んで、鳩尾《みぞおち》をハルカは銃の尻で打った。

苦労して彼女の体ごと、通用門の中に入る。

老女を放って、初めて表からハルカは屋敷を見上げた。やはり人気《ひとけ》は感じられず、どっちから見てもこの家が死んだように見えることに変わりはない。

「……レスリーは、いるみてえだな」

北側の一室に明かりがついているのを認めて、そこから離れている勝手口をハルカは探した。一人居る用心棒らしき大男が、裏庭を向いてテラスに座っているのはわかっている。自分が腕を撃たれたことを懲《こ》りずにまた少年を連れにくることは、レスリーも予測しているのだ。

女が出入り口に使っている勝手口から、ハルカはしんとした屋敷の中に足を踏み入れた。方角が違うので一瞬どっちに向かえばいいのかわからなくなったが、裏庭を向いている階段の存在に気づく。

多分この部屋が裏庭のテラスのある部屋だろうという扉《とびら》を横目で見ながら、容易《たやす》くハルカは二階に上がった。

「あいつ……逃げてみたことねえのかな」

見張る者もいない、柵《さく》にも鍵にも拒《こば》まれないまま少年が棲《す》んでいる部屋の大きな扉の前に立って、その障害のなさに惑《まど》う。

「ここ出てくのは」

自分なら簡単だと、沢山《たくさん》の逃走経路をハルカは見回した。

いや、あの少年には屋敷の外にどんな世界が広がっているのかまるでわからないのかも知れない。けれど凜《リン》なら。凜になら逃げることは出来ただろう。

どうして凜は逃げて帰って来なかったのか。一度で抱き殺されたのか。それとも本当に、レスリーの言うとおり東へ旅立って行ってしまったのだろうか。

——俺にはもう何も望みがない。

「……塙《コウ》を置いて?」

大切なものも護りたいものももう何もないと言った塙の顔が、目の前を横切る。

それはあり得ないと、そう思いながら、ハルカはゆっくりと身《み》の丈《たけ》の倍程もある重い扉を引いた。錆び付いた音を立てながら、それでも扉は抗《あらが》わずに開く。

部屋にはぼんやりと蠟燭《ろうそく》が灯《とも》り、花の匂《にお》いが充満していた。

闇を抜けて来た目には蠟燭でも充分だったが、広い部屋の奥までは見通せない。

「……いないのか？」

「俺だよ」

呼びかけながら、ポケットの銃をきつく握ってハルカは寝台に近づいた。天蓋《てんがい》から薄い布が降りていて、寝台の上ははっきり覗《のぞ》けない。

枕辺に寄り、そっと、ハルカは布を退けた。

白い寝台の上を見つめて、息を飲む。

殊更《ことさら》花の匂う天蓋の下で、少年は骸《むくろ》のように微《かす》かにも動かず横たわっていた。

「おい……っ、大丈夫か？」

咄嗟《とっさ》に顔を寄せて息を確かめながら、胸に触る。

頼りない鼓動《こどう》を知ってハルカが息をつくと、うっすらと彼は瞼《まぶた》を上げた。酷《ひど》く重そうに首を動かして、よく見えていないような瞳がハルカを探す。

「俺だよ」

もう一度そう声を掛けると、蠟《ろう》のような手がゆっくりと上がった。冷たい指が、時間を掛けてハルカの頰《ほお》に届く。

微かだけれど明らかな笑《え》みが、少年の頰に浮かんだ。

「心配してくれたのか?」

頬から、撃たれた腕へ指を降ろした少年の手に手を重ねて、語らない唇の下にあるものを求める。

安堵《あんど》したように首を傾けて、少年はまた目を閉じようとした。それだけ体が憔悴《しょうすい》しているのか、眠りとはまた違うものに意識が攫《さら》われるのがわかる。

「おい、しっかりしろよ。今度こそおまえを連れに来たんだ、俺」

目を閉じようとした彼を揺り起こして、ハルカは無理やり体を起こさせた。

「しんどいだろうけど起きてくれよ。ここにいたら駄目だ。な? わかるだろ?」

寝台に膝立ちになったハルカの肩に、少年が弱り切った体を預けてくる。

「立ってくれよ、なあ」

動こうとしない彼に声を焦らせて、ハルカはその白い額《ひたい》に額を寄せた。

身を捩《よじ》ってハルカに従おうとした少年の目が、ふと、天蓋の布の向こうを捉《とら》える。

何を見ているのだろうと振り返ると、薄い布の向こうに蠟燭とは違う青い火がゆらりと揺れた。

「……凛?」

何故《なぜ》自分がそう確信するのかはっきりわからないまま、また、ハルカが問う。

「連れに、来たのか? こいつのこと」

前に会ったときより明らかに狭くなっている少年の肩を抱いて、ハルカは青い火に首を振った。

「連れてくなよ。助けるから……俺がこっから連れてくから」

言葉を重ねて嘘のように軽い体を無理に立たせる。

「頼むよ、歩けよ」

歩かせようとするとガクンと彼の膝が抜けて、二人で寝台から転がり落ちた。

「……いてて、ったく。おまえの下敷きになんの何度目だ」

その軽さに胸をざわつかせながら平然を装《よそお》って、行こう、と、冷たい手を引く。

手の導くままについて来ようとして、少年は顔を上げた。けれど足は覚束無《おぼつかな》くもつれ、空《あ》いている手が寝台に縋《すが》る。

天蓋の端《はし》を摑《つか》んで、少年は小さく首を振った。

「無理だと……思うのか？　今度はしくじらねえよ、必ずおまえを逃がしてやる」

足を止めてしまった少年の目を覗いて、ハルカが声を上ずらせる。

「ほら」

黒く鈍《にぶ》い光を持つ塊《かたまり》を、ハルカはポケットから出して彼の前に晒《さら》した。

「これがあるから」

手に余る重さに凍るような怯《おび》えが背を走ったが、悟《さと》られまいと息を詰めて一度唇を噛《か》む。

「国に帰れなくても、ここよりマシなとこはいくらでもある。おまえはきれいだから何処《どこ》にでも行ける。民生委員がきっといい里親を見つけてくれるから」

自分を奮《ふる》い立《た》たせるように、早口にハルカは言った。

「絶対、自由にしてやる」

動こうとしない少年の手を、きつく、握り締める。

「何言ってるのかわかんねえか？」

言葉を重ねる自分の口元をぼんやりと見ている彼の瞳を、ハルカは捉えた。

「こうやって……」

そして重い鋼《はがね》を持つ手元に、視線を呼ぶ。

「撃つんだ、あの化け物を」

そっと少年の指を解《ほど》き両手で銃を絞《しぼ》り込《こ》むように持って、寝台に銃口を向けて見せた。

「そうしなきゃおまえが殺される」

不安げにその銃口を追った少年の髪に、銃から右手を放して触れる。

「触らないでくれないか？」

艶《つや》を持つ黒髪を一房《ひとふさ》掴んだハルカの手を、不意に、戸口から男の声が咎《とが》めた。

「あげないよ。言っただろう？」

音も無く蠟燭の火の中に、レスリーが姿を見せる。

やわらかい声を聞かせてうっすらと笑った彼こそがこの世ならざるもののようで、恐怖に肩を押されて、ハルカは少年の髪を放して銃を構えた。

「困った子だね、君は」

銃口は真っすぐその胸を向いているのに、レスリーはうろたえもせず自分の銃を見せる。

喉を這《は》い上がる怖さに飲み込まれそうになって、ハルカは首を振った。

「おまえの……好きにはさせねえよっ」

まだ一度も引いたことのない引き金を、目を閉じて力任せに引く。

けれど弾《たま》を吐く鋼を支え切れず、ハルカの体は後ろに倒れ銃口は上を向いて、弾は天蓋の端を欠いただけだった。

「君は自分が何もできない子供だってことを知らないようだ」

溜息《ためいき》をついてレスリーは、なんの感慨《かんがい》も見せずに手にしていた銃の引き金を引いた。

「……っ……」

弾はハルカの手を掠《かす》め、塙から貰った銃を弾いて寝台の際に運んで行く。

「今度は外さないよ。わざわざ殺されに来たようだからね」

壁に背を預け、口惜《くちお》しくハルカはレスリーを睨《にら》んだ。逃げようにも窓は遠い。

それに一人で逃げても仕方ない。多分次はない。今逃《に》げ果《おお》せてももう二度とここに忍び込むことは出来ないだろうし、少年は幾日《いくにち》ももたないように見える。

「その子は君とは行かない」

少年に目を向けようとしたハルカを遮《さえぎ》って、レスリーが言った。

「彼にもう帰るところはない」

投げられた言葉は、何か寂しく響く。

「私と同じだ。ここにいるしか……ないんだ」

少年と同じ色のレスリーの瞳が、揺れた。

「連れて行かないでくれ」

懇願《こんがん》とともにこの間見た正気がまた這い出て、それがレスリーを苦しめるのが見える。

己《おのれ》を捕らえようとするそれを振り払うように首を振って、レスリーは撃鉄に力を込めた。

高い天井に、銃声が籠《こも》るように響く。

身を縮《ちぢ》めて、ハルカはきつく自分を抱いた。もうこれで終焉《しゅうえん》なのかと待っても、幕は降りない。

最初に撃たれた指以外は何処も、熱くも痛くもないことに気づいて、ハルカは恐る恐る顔を上げた。

「レスリー……」

引き金を引いたはずのレスリーが、胸を押さえて立っている。

呆然《ぼうぜん》と彼の見ている先を振り返ると、鳥が、硝煙《しょうえん》の上がる塙の銃を構えて放心したようにレスリーの目を見返していた。

「……おまえが？」

問いかけて笑ったレスリーの口元が歪《ゆが》み、血が噴き出る。今さっきまで何もなかったように見えた胸にも、押さえていた手を全て赤く染めるように同じものが流れ出た。

止まらない血を押さえることを止《や》めて、倒れ込むようにレスリーが少年に歩み寄る。

「おまえが……私を連れに来たんだね」

銃を降ろしてそれきり動かない少年の肩に、レスリーは手を掛けた。

一瞬動脈に掛かった手が、何もせず落ちる。

「何処《どこ》へ、連れて行くんだ？」

目を閉じて彼は、床に膝をついた。

肩に掛かった手に連れられて、少年も血を負って床に腰をつく。

もう動いているようには見えないレスリーの唇が、何か歌を歌っているのがハルカには聞こえた。最後まで覚えられなかったあの歌なのではないかと、今にも途絶えそうな音を耳に留めて思う。

――帰ろうにも待つ人もなく、河を渡りたくても舟はない。

胸の中を車輪が廻《まわ》るように切ないという、最後の節を思い出した途端、レスリーの声は途切れた。

信じ難い静けさを、少しの間部屋が呼び戻した。幾つもの青い火が、レスリーを連れて行くように灯るのが見える。

何処に連れて行くのだろう。彼の帰りたがった東へか。それとも無限の闇へか。

彼は欠けていたものを、血と引き換えに取り戻せたのか。

「……行こう」

階段を人が上がる足音が聞こえて、ハルカは少年に手を伸ばした。

心が運ばれて行く体を受け止めたまま、少年がハルカを見上げる。

少年は、引き金を引いてそうなることをわかっていなかった訳《わけ》ではないようだった。信じ難いという目はしていない。主を引き留めようともしていない。

けれど少年は力のない腕に血まみれの骸を、抱いて。

瞬《まばた》きをする程の間、泣いた。

鳥が泣いたのを見たのは、その一瞬だけだった。それからもう二度と、彼は涙を見せなかった。

囀《さえず》らない鳥は、けれど外に連れ出すとすぐにこの国の言葉を覚えた。先生は少年に興味を示し、勉強を教えた。恐らく中国で彼はある程度の教育を既《すで》に受けている筈《はず》だと、先生は言った。広東《カントン》語と北京《ペキン》語の両方が理解出来ると彼は感心したが、ハルカにはそれがどんなことなのかはわからなかった。

美貌《びぼう》が徒《あだ》になって攫《さら》われて売られて来たのか、それとも家が没落《ぼつらく》して流浪《るろう》したのかどちらかだろうと、先生は推測を聞かせた。鳥は大陸でのことを一度も口にしなかったので、そのどちらなのかは今でもわからない。

奨学金制度というものがあるのだから民生委員を頼って学校へ行かせるべきだと先生に言われて、ハルカは初めて鳥がなんの身分証も持たないことに気づいた。仮に学校に行かせるのに金が掛からなかったとしても、住民票を手に入れるのに裏金がいる。

年に見合わないこともあってそれまで手を出さなかった仕事を、ハルカは手伝うようになった。大掛かりな盗みや、薬に拘《かか》わる仕事に、気づくと手を染めていた。皮肉にも素質があったのか、最初は見張りから始めて三年も経《た》つころには小さなシマを仕切るようになった。

そんな自分とは掛け離れた場所に少年を送り出してハルカは、彼が帰って来なくてもかまわないと思った。

ただ小鳥を放してやりたかったのだ。

東の異国から攫《さら》われて来たきれいな鳥を、籠《かご》から出したかった。自由に空を飛ばせてやりたかった。ハルカの望みは、それだけだった。

けれど鳥は飛び立たなかった。ハルカの側を根城《ねじろ》に決めて、その不似合いな場所に何度でも帰って来た。

それが何故《なぜ》なのかハルカには、いくら考えてもわかることではなかった。

「……眠ってるの？　ハル」

問いかけと一緒に降りて来た指に頰《ほお》を撫《な》でられて、闇に落ちていた瞳でハルカはぬくもりの主を探した。

傍《かたわ》らに腰を下ろしているセツが、少し不安そうに自分を見下ろしている。

「ああ……寝てたみたいだな」

「ごめん。なんか辛《つら》そうな顔してたから」

大人のような口をきいて頰に触れてくるセツの腕に、笑ってハルカは触れた。

「夢、見てた」

「どんな夢？」

「ガキのころの夢さ」

そっと肌を撫でるセツの指に、夢を見たのはこの手のせいだろうかと思う。小さな子供に触れるような、指のせいかと。

目に映る、セツのその手に重なっている己《おのれ》の手は、夢とは違う。大人の、男の手だ。

「どんな子供だったの、ハル」

「その辺にいるガキどもとかわんねえよ」

親指で外を指して、ハルカは笑った。

今も街には、あのころと同じに行くところも帰るところもない子供達が暮らしている。けれどハルカはもう随分《ずいぶん》と遠くに来てしまって、酷《ひど》く大人に見えた塙《コウ》や凜《リン》の年もとうに追い越した。

「なんか想像つかない。でも憎たらしいガキだったんだろうね」

笑ったセツの手を引いて、ハルカはその唇に唇を重ねた。温《ぬく》もりを確かめるように、彼の痩《や》せた体を腕に抱く。

もう何も持っていないと言った塙は、二十歳を待たず見なくなった。行くところはなかった。彼も心だけ、何処《どこ》かに帰したのだ。

最後に彼を見たときの瞳の色が忘れられない。今なら彼がどんな風に何を失っていったのかハルカにもわかる。どんな風に心を、擦《す》り減《へ》らして行ったのかが。

「……いくつになった、セツ」

おとなしく胸に抱かれている少年の髪を撫でて、ハルカは聞いた。

「十七」

躊躇《ちゅうちょ》もなく、セツがあからさまな嘘を答える。

「それじゃ俺とたいして変わらんねえだろ。そんなわけあるかよ」

「十七だよ」

撫でられる髪を見送って、セツはもう一度言った。

栄養が足りないにしても、狭い肩は十七歳のものには見えない。

窓辺から自分の上に落ちて来た鳥を、ハルカは思い出した。あの時の少年よりは、セツは少し年上だろうか。

「……伸ばそうか、あのひとみたいに」

誰に重ねて髪に触れていくのか悟《さと》って、ハルカの指に指を寄せてセツは言った。

拒《こば》んで、ハルカが首を振る。

「いくつになった……セツ」

もう一度、ただハルカは甲斐《かい》なき問いを落とした。

あの時の少年より幾らか上にしても、セツも少年であることに変わりはない。

「……ハル？」

汚れて行くのは苦痛ではない。もともと自分はこういう場所で生まれて、こういう場所で育ち、そしてこのままここで死ぬ人間だ。

けれど確かに抱いていた望みを、捨てたのはいつだろう。あれ程悼《いた》ましく思ったあの男と、同じことをしているというのはどういうことだろう。

「もう、大人だよ。もう一回……確かめてみる？」

娼婦《しょうふ》の口をきいてセツは、髪に触れている手に唇を寄せた。

遠い窓辺の鳥とは違って、その唇には血の通う熱を感じる。項《うなじ》を抱いて、その存在の確かさを知るためにハルカはセツを呼んだ。

熱を探って口づけながら、胸の下にセツを抱き直す。

痩せた、少年の体を。

抱き締める指に当たる堅《かた》い骨が、かつて会った少年を思わせる。背を抱き返す細い指に、かつて会った少年を錯覚《さっかく》する。

けれどあの指が抱いていたのはこの背ではない。あの瞳が泣いて送った骸《むくろ》は、自分が殺させた悲しい男だ。

「セツ」

丸みのない肩に、ハルカは顔を埋めた。

「おまえも俺を憎むんだろう？」

落とした声が、泣いているように無様に掠《かす》れる。

「何言ってるの？」

肩にいる男の髪を、背を撫でていた手が抱いた。

「誰がハルを憎むって言うの？　あの人だって、ハルを憎んでなんかいるわけないよ」

全てを赦《ゆる》すかのような声を聞こうとして、ハルカは顔を上げた。ずっと抱いていてくれるかのような指を、連れて行きたくなる。

何処《どこ》へ？

問いが胸を過《よぎ》るより早く、頼りない喉が目に映った。肌の全てを覆《おお》い隠《かく》す程の己の手が、その喉に掛かる。

——帰ろうにも待つ人もなく、河を渡りたくても舟はない。このつらい思いは言葉に表せない。

そんな気持ちがないならその方がいいと、先生と呼んだ少年は笑った。

今はわかる。なかったのではない。わからなかったのだ。子供だった自分は、まだ何も知らなかったのだ。

まるで、胸の中を車輪が廻《まわ》っているようだ。

あの歌の終わりは確かそんな意味だった。譬《たと》えようのない恐れ、不安、泣きたいほどの憧《あこが》れに、胸を掻《か》き毟《むし》って初めてその車輪がこの身のうちにあることを知る。

何処かに帰りたがっている。ここにはもういたくないと胸が泣く。帰る場所は何処だろう。誰の待つ場所だろう。それとも最初からそんなところはないのだろうか。

帰りたい場所は血の運ばれていた礎《いしずえ》などではない。ただもう少しあたたかい場所へ、もう少し幸いな場所へ。夢に見た場所へここではないところへ、心が行きたがっている。

けれど行けるところは何処にもなく、胸の中を楔《くさび》のような車輪が廻る。

何もない暗い冥府《めいふ》へ行くのなら、せめて誰かの手を引いて行きたい。

「ハル……？」

喉笛を強く押す手を退けずに、掠《かす》れる声でセツがハルカを呼んだ。

震えて、セツに触れる手をハルカが握り締める。唇を噛《か》み締《し》め、髪を掻《か》いてハルカは自分を隠すように体を丸めた。

「どうしたの、震えて」

揺らぐ肩を、セツの両手が抱きとめる。

「……可哀想《かわいそう》なハル」

濡れたハルカの瞼《まぶた》に、セツは唇をくれた。

「して欲しいことがあったら、言って」

耳元にも口づけ、睦言《むつごと》のように言葉を紡《つむ》ぐ。

「いいよ俺、ハルにならなんでもしてあげる。ハルになら何されても許すよ。俺の持ってるものならなんでも、ハルにあげる」

何をされかけたのかまるでわからない訳《わけ》ではないだろうに、その両腕は健気《けなげ》にハルカを引き留めようとした。

「……なんで」

わからずにハルカが、訳を問う。

目を覗《のぞ》かれて、わからないことが不思議だというようにセツは首を傾けた。

「ハルが、好き」

酷く悲しいものを見るように、セツの瞳が情に溢《あふ》れた。

「好きだよ」

その瞳を、ハルカは知っている。

独りで逝《い》ったあの男の病んだ心を、見送った窓辺の鳥の瞳だ。

「……っ……」

胸を掻き毟ってハルカは、セツの腕を解《ほど》いてその身の上から退いた。

寝台の下の軋《きし》むスプリングの間にいつも隠してあるそれに、手を伸ばす。

「ハル？　怒ったの？」

自分に向けられた背に縋《すが》って、セツが問いかけて来たが言葉が耳に届かない。

白い粉を、手の甲にハルカは撒《ま》いた。零《こぼ》れるのも惜しまず、鼻先を寄せて息を詰める。

「よくないよ。ねえ、そんな時に薬なんて」

肩を揺すって、セツはハルカがそれを吸い込むのを止めようとした。

「悪酔いするから。ハル、お願いやめて」

案じてくれるセツの言葉を聞かず、少しずつ鼻から粉を吸い込む。

「……これ以上落ち込むかよ」

甲にうっすらと残った薬を舐《な》めて、ハルカは笑った。

「楽になれるんだ」

その手でそのまま、瞳を覆う。

「簡単に、楽になれる」

泡立《あわだ》つ胸を飲み込んで流してくれる波を待って、仰向《あおむ》けにハルカは横たわった。

「……何が」

もう聞かないハルカに囁《ささや》き掛《か》けながら、セツが肩に寄り添う。

「そんなに辛いの？」

ぼんやりと耳に触っていった声に、ただ、ハルカは笑った。

時々こうして、どうしようもなく深い闇に落ち込む自分を己では掬《すく》えない。

途方もない間違いを、罪を背負って、絶えず誰かに咎《とが》められているような。何処にも逃られないこの世界の全てが皆、何かの罰であるような。

手が届かないものに焦《こ》がれて、どうにもならないのに愛しているような。

深い、焔《ほのお》のような闇だ。いつかきっと、這《は》い上《あ》がれない日が来る。

背中が、酷く凍《こご》えた。

「……気持ち悪」

傍《かたわ》らに身を縮《ちぢ》めていたセツを置いてふらつく足でハルカが外に出ると、もう随分《ずいぶん》と日が高くなっていた。

少し歩くと息が途切れて、昼だというのにまだ点滅している街灯にもたれる。

「粗悪品だ……畜生、ブッ殺すぞあいつ」

薬を流して来た売人の顔を思い浮かべて、座り込もうとする膝をハルカは押さえた。

見るだけで気持ちの悪くなる明るい太陽に目を向けると、そういうフィルターが掛かったように辺りが全て紙が褪《あ》せたような色になる。

見たこともないのに黄塵《こうじん》のようだと思いながら、何処《どこ》に行くでもなくふらふらとハルカは歩いた。

「……まだ、夢か」

確かに夢で見た小道が、目の端《はし》に映る。

「もう、ガキのころの夢は沢山《たくさん》だ」

言いながら誰かに手を引かれた気がして、ハルカはその小道に迷い込んだ。

昨日見たような酷《ひど》く懐《なつ》かしい光景が、歪《ゆが》んで揺れる。そして懐かしい音が、籠《こも》るようにハルカの耳の中でもがいた。

日を欲しがって囀《さえず》る、沢山の小鳥の声がハルカを呼ぶ。悪酔いが過ぎたのかそれとも本当にまだ眠りの中なのかと首を振りながら、ぼんやりとハルカはその小さな店の前に立った。恐れる気持ちが湧《わ》かないのを頭の隅で不思議に思いながら、敷居《しきい》の中に足を踏み入れる。沢山の鳥が、客を見つけて鳴いた。店の奥では、随分と老いた女が居眠りをしている。

「……ああ」

これは自分のよく知っている現実だと不意に思い出して、ハルカは笑った。

女はすっかり耳が遠くなって、来訪者の気配にも気づかず頭を落としている。

声を掛けようかどうしようか迷って、ふと自分の目の前に瑠璃色《るりいろ》の小鳥がいることにハルカは気づいた。そこだけ黄塵に濁《にご》らない、空の青と同じ色の鳥だ。

空に溶けていく、帰って行く鳥だ。

どういうことなのだろう、これは。

やはり夢の中なのか。それともあの日に帰ったのか。

だとしたらどうしよう。これからこの小鳥を連れて、自分はあの窓辺の鳥に会いに行くだろうか。

「なんだい。あんたたちの来るところじゃないよ」

いつか聞いた台詞《セリフ》を、不意に目を覚ました老婆が投げて寄越した。

ハッとして、その呼びかけに振り返る。自分の身《み》の丈《たけ》が随分低くなったような気がして天井が遠く感じられた。

「これ」

何を思う間もなく、指が空色の小鳥を指した。

「いくら」

尋《たず》ねながら小鳥に伸びた手が、子供の手ではないことに気づく。

夢でも、時間が戻った訳《わけ》でもない。

「……ああ、おまえかい」

昨日も会ったように不機嫌そうに眉《まゆ》を寄せて、それでも女は椅子から立ち上がった。

「姑娘《クーニャン》にやった小鳥はどうした、死んだか逃げたか。それとも違う娘にやるのかい」

見た目と違う達者な口で早口に言いながら、値段を言わず籠の入り口を老いた手が開ける。

すっかり枯れてしまった指があの時と同じように青い鳥を無造作《むぞうさ》に摑《つか》んで、小さな竹籠《たけかご》に詰めた。

「あの小鳥は、帰ったよ」

胸に押し付けられた籠を受け取りながら金を探して、ハルカがポケットを探る。

「何処《どこ》に」

昔は見上げたはずの老婆を随分と下に見て、察する金額の倍をハルカは手渡した。

無造作な札の束《たば》を見て、女が顔を顰《しか》める。

「生意気《なまいき》な真似《まね》するんじゃないよ」

小言を言って老婆は、金を半分ハルカの手に握らせた。

「立派になったつもりなんだろうが、あたしからみたらあんたなんかまだまだケツの青いガキだ」

やはり蹌踉《よろ》つく足でもう、背を向けて奥の椅子に帰って行く。

「意気がって若死にするんじゃないよ」

堅い椅子に腰を下ろして、吐き捨てるように老婆は言った。

「……長生きしろよ、クソババア」

肩を竦《すく》めて、ハルカも彼女に背を向ける。

店を出て行こうとしてどうしても老婆に教えたいことが、喉元に這《は》い上《あ》がった。戸口の桟《さん》に掛かった足を止めて、腕の中の鳥を幻のように眺める。

「また同じ子にやるんだ」

俯《うつむ》いたまま、ハルカは小さく言った。

「まだ俺の側に、いるんだ」

振り返るとけれど、老婆はもう眠ってしまっている。

「……俺のもんには、なんねえけどな」

目を伏せて笑って、ハルカは店を出た。

人通りが多くなったチャイナタウンを歩くと、あちこちから軽い挨拶《あいさつ》が飛ぶ。だが音は皆ハルカの横を抜けてしまい、籠を大事に抱《かか》えて誰にも応《こた》えないまま家路につく。

気がつくとハルカは、無意識にフラットに戻っていた。

酔いのせいか躊躇《ちゅうちょ》わず、立て付けの悪いドアの鍵《かぎ》を開ける。

一瞬、部屋があの天蓋《てんがい》付きの寝台のある寝室と重なった。視界がぶれて、すぐに部屋は夜に出て行った時のままの居間になる。

テーブルのガラスは、きれいに片付けられていた。酒の匂いもしない。

帰るのを待っていたのか、ソファに横たわってハルカの言った通りに着替えたシンが眠っていた。高い窓から昼の光が、彼の白い頰《ほお》にだけ差しているように見える。

「……ハル?」

陶器のような瞼《まぶた》を、うっすらとシンが上げた。重そうに疲れた体を、ゆっくりと起こしてハルカを探す。

「帰らないかと、思った」

こんな風に出て行ったハルカがこんな風に戻って来たときにいつも言う台詞《セリフ》を、形のいい唇が落とした。それを言うときだけシンは、少しだけ子供のようにハルカの目に映る。

「ここは俺のフラットだ」

自分もまたいつもと同じ答えを返しながら、薬のせいかふらつき始めた足でハルカはシンに近づいた。

「どうしたんだい？　この鳥」

ソファにハルカが置いた青い小鳥を、シンの目が確かに懐かしいものを見るように捉《とら》える。

「土産《みやげ》だ」

床に座ってソファの上のシンを見上げて、少し目眩《めまい》を覚えながらハルカは顳顬《こめかみ》を押さえた。

「ふうん」

笑んでシンが、ちちちちと、指先で小鳥を呼ぶ。

「何を食べるだろう」

籠の透き間から人差し指の先を入れて、シンは小鳥につつかせた。

「逃がさないのかよ」

何度もその姿に遠い日の少年が重なるのに瞬《まばた》きを繰り返して、酷くなる酔いにハルカが息を吐く。

「僕にくれるんだろう？　僕が世話をするよ」

「……あの時は、逃がした」

空の色に還って行った小鳥が目の前を過《よぎ》って、ハルカは過日の少年を咎《とが》めた。

「逃がしたんじゃないよ」

静かにその目を見返して、シンが首を傾ける。

「逃げると思わなかったんだ」

こともなげにシンが教えた言葉に、息を飲んで、ハルカは目の前を暗くした。

彼が呟《つぶや》いたことの意味が、時間を掛けてはっきりと胸に伝わる。そうでないかと恐れながら、もうほとんどわかっていながら、それでも認めまいとして来たことが形になり始める。

「おまえがあの小鳥を逃がしたから」

血が出るほど己《おのれ》の髪をきつく摑んで、ハルカはソファの端についた肘《ひじ》を強くスプリングに埋めた。

「俺はおまえがあそこから飛び立ちたいんだって、勘違いしたんだ」

両手で頭を抱えて、髪を掻《か》き毟《むし》る。

一度だけ見た泣いている瞳が、子供のハルカを責めた。

そうだ、子供だった。だから気づかなかった。

鳥が主《あるじ》に、情を抱え込んでいたことを。

「……悪酔いしてるね、ハル」

指先から血の気を無くしているハルカの手を、その髪からやんわりとシンの手が解《ほど》いた。

宥《なだ》めるように手が、ハルカの頭に触れる。抱くように、撫《な》でるように。

「セツを抱いたの？」

ハルカの髪に顔を埋めて、ふと、シンは呟いた。

「なんでわかる」

「なんとなく」

訳を言わないシンを、顔を上げてハルカは見つめた。

「……おまえは今でも、いろんなもんが見えるんだな」

もうとうに見えなくなった。忘れていた青い火を思い出す。

「俺にはもう見えねえ。ガキのころに見えたようなもんは、何も」

「そんなことじゃないよ」

苦笑してシンは、小さく首を振った。

「こういうとき君は、よくセツのところに行くから」

微《かす》かに寝乱れた髪をさらりと流して、惑《まど》わない瞳が真っすぐにハルカを見る。

「慰《なぐさ》められるんだろう？　あの子は君のことが大好きだから」

少しも、心が読めない。

こんな風に言うシンが何を思っているのか、ハルカにはかけらも摑めない。

「ハル」

わからずにただ目を見返しているハルカの頰に、シンが触れた。

「だけど僕だって君のことが、とても好きなのに」

初めてでもない言葉を教えるシンの言っていることは明確なのに、それでもハルカには彼の真意が受け止められない。

慰めたいといいたいのか、あの子と同じように好きだと言いたいのか。

悪酔いしても何も言わず、少年を抱いて来ても何も咎めず。

羽があるのに何処《どこ》にも飛び立たず、ただ黙って側にいるシンの言葉をハルカは信じる材料を持たない。

「嘘だ」

彼が自分を愛さない理由だけは、今はっきりと思い知らされたけれど。

「そんなの嘘だ、シン」

頬に触る冷たい指を感じながら、ハルカはシンを見つめた。

「何故《なぜ》俺を責めない。本当は憎んでるんだろ？」

いつも聞こうとして聞けずに飲み込んで来た問いが、酔いのせいか夢のせいか、止めようもなく零《こぼ》れていく。

「あいつを殺させた、俺を憎んでるんだろ？」

どんなことでも許すと自分に言ったセツの瞳に、ハルカは見覚えがあった。

「おまえはあいつを死なせたくなかった。あいつを好きだった。だからずっと、俺を恨んでるんだろう……!?」

好きだからどんなものでもくれると言った娼婦《しょうふ》の目は、主を見送った白い鳥と同じ情を抱いていた。

放ってしまった言葉が、耳に返ってハルカを咎める。

「ハル」

溜息《ためいき》をついてハルカの瞼を撫でたシンの指が、濡れた。

「泣くなんて……」

瞳を覗《のぞ》きながら落とされた言葉は慰めにも呆《あき》れているようにも聞こえて、ハルカが俯く。

頭を落とすと、血が上って目眩が酷くなった。切れかけた薬が、泥のような疲れを誘う。

「……確かに僕はあの人を殺したことを後悔してるよ、ハル」

起こしていられなくなった頭を膝に抱いてシンが呟くのを、ハルカは聞いた。

「心の欠けた人だったけど、毎晩僕を殺しに来たけど」

ああやっぱりと、彼が何を言っているのかはよくわかったけれど、目眩《めまい》に意識を奪われて気持ちが麻痺《まひ》していく。

「あの人を憐《あわ》れんでいた。あの人がかわいそうだった。あの人は初めて僕に触れた人で……だから僕はあの人が好きだったよ」

耳を掠《かす》めて行く声が、逝《い》ってしまった主を心から惜しんでいた。毎夜自分を殺しに来たという、男を。

「でも彼が間違ってると思ったから、引き金を引いた。彼が殺したのは、僕が初めてじゃないこと……あそこにいればわかった。重なるだけの罪から楽にしてあげたいとも、思った」

今はもう見たような気がするとしか思えない沢山の青い火が、閉じたハルカの目の前を過った。

「だけど、殺したことを後悔してる。もう二度と、正しいとか間違っているとか、そんなことでは動かない」

もういい、と。言おうとしてハルカは声がでなかった。途切れる酔いが、ハルカを飲み込んでいく。

連れて行かれる背を、シンの白い手が子供に触《さわ》るように撫でた。

「これからは気持ちにだけ従うと、あのとき決めた」

小鳥が何かをうたっている。あの東の国のうたのように、ハルカにはよく意味がわからない。

「だから……僕は決して君を咎めたりは、しないよ」

意味のわからないうたは、何故だかやさしく耳に触れた。

「君がどんなことをしても」

暗い闇に似合わない温《ぬく》みが、背に触れるシンの指からハルカの肌に落ちてくる。

闇を抱こうとする瞳を、うっすらとハルカは開けた。小さく囀る青い小鳥が、ぼやけた視界に映る。

失った遠景のように。

まだ何も手に入れていない。多分これからもこの手の中には何も訪れない。

ずっとそう思って来た。絶望に似ていたけれど、いつからか仕方のないことだと知った気がしていた。

「俺はおまえがいなくなってもかまわねえけど……」

なのに何故飛び立たないのだろう、この鳥は。

自分の傍《かたわ》らには決して似合わない、きれいな白い鳥は。

「……いても、かまわねえよ」

青い小鳥も、空に帰してしまったのに。

くすりと、シンの笑う声がハルカの耳元に落ちた。得られるはずのない穏やかな眠りが、また瞼を呼ぶ。

「嬉しいよ」

音楽のような声とともに額《ひたい》に口づけられたような気がしたけれど、重い瞼に抗《あらが》えずハルカはまた夢の底に還った。

鳥の行方

Tori no Yukue

ロサンゼルスにも、全く季節がない訳ではない。クリスマスの気配を感じる頃になると、気温が下がり、雨が降ることもある。

その不意の雨を浴びて、ハルカは塒《ねぐら》にしているフラットに帰った。

ハルカの持ち物であるフラットはもはや一つではなかったけれど、今日はシンのいる部屋に戻った。

シンがいることを、どうしても確かめたくて。

戯《たわむ》れにハルカが買い与えた質のいいローブを律儀《りちぎ》に纏《まと》って、シンはハルカを出迎えた。

「お帰り。……もう、朝になるけど」

物音に起こされたのだろうに、眠そうな顔を見せずにシンは薄く微笑《ほほえ》む。

最近のシンはＵＣＬＡの研究所での勤務が続いていて、マリア・ソルの仕事より大学にいる時間の方が長くなっていた。

「風邪引くよ、ハル」

濡れたままソファに座ったハルカを咎《とが》めずに、シンが乾いたタオルを運んで来る。

タオルを被《かぶ》ったまま動かないハルカに、シンはやわらかくその髪を拭いた。

「いいよ」

素《そ》っ気《け》なく、ハルカはシンの手を振り払った。

それでもシンは気に障《さわ》らないやり方を心得ていて、そっとタオルをハルカの体に添わせる。

「いいって」

何故《なぜ》自分が明け方にここに帰ったのか、わかっていて聞かないシンに、ハルカは苛立《いらだ》った。

「……セツが、見つかんねえ」

問われないことを、ハルカが自分から打ち明ける。

ハルカの肌に残る水滴を拭い終えて、寄り添うようにシンは隣に腰を下ろした。

長いこと、ハルカはセツにもう触れはせずに金だけを与えていた。金を与える度に悲しそうにするセツに他にしてやることが見つけられずに、ハルカは違う仕事をするかと何度か聞いたが、そのうちセツに良くない常客が付いた。

よそ者の、見るからに怪しいその男をハルカは訝《いぶか》しんでセツから遠ざけようとした。何より
セツは目に見えて、薬にも溺《おぼ》れていた。

けれど、男を追い払おうとしたハルカに、しがみついてセツは言った。

愛してくれる人を、見つけられたのかもしれないと。

まるでハルカを、咎めるように。

セツを愛してやれないことをハルカもよくわかっていたので、何も言えなくなった頃に、セツは不意に姿を消した。男も街に現れなくなった。

「セツは……君のことが好きなんだと思ってた」

絹糸を思わせるシンの黒髪が、ハルカの肩にはらりと落ちる。

「随分長いこと君の恋人だったのに、どうして他の人なんかと……」

慰めのためにシンが寄り添っているのはよくわかって、けれど選ばれた言葉にやり切れずにハルカはその体を押し返した。

「恋人なんかじゃねえよ」

セツが自分に想いを寄せていたことぐらいは、ハルカも知っている。

「……嫌な予感はしてたのに」

護れなかったのだろうセツのことを思って、ハルカは髪を掻《か》き毟《むし》った。

何をセツが思っていたのか、ハルカにもそれは見て取ることができた。セツはハルカの想いが一つのところから動くのを待っていた。それはもう、何年もの間。

けれど、決してそれが動かないことをいつからか悟って、絶望した。言葉にしてハルカにぶつけることもあった。

愛してくれるという誰かをセツが受け入れたのも、自分への当てつけだったとハルカは知っている。知っていてなお、どうすることもできなかった。

「出会ったときセツはまだ、子供だった。もっと」

子供だったと、呟《つぶや》いてハルカが喉元に吐き気を覚える。

「もっと、他にしてやれることがあったはずだ」

「……どうして、そんなに自分を責めるの」

理由をわかっていて、やんわりとシンはハルカを宥《なだ》めようとした。

「中国系の男だったから、同胞だと思ってセツは気を許したんだ」

受け取らずに、ハルカが大きく首を振る。

「同胞なら、もしかしたらセツを国に連れて帰ったのかもしれないよ」

気休めにしか思えないことことを、それでもシンはハルカに聞かせた。

沈黙が、天井の高い部屋を覆う。二人の間に沈黙が流れることは珍しいことではないけれど、ハルカがそれを苦痛に思うことは希《まれ》だ。

その苦痛に気づいたのか、シンが少し色を持つ唇を静かに開いた。

「悲歌可以當泣」

歌うように囁《ささや》かれて、ハルカが耳を疑う。

「遠望可以當歸……」

不意に、シンが声にしたのは、遠い昔少年の頃にハルカがシンに聞かせた歌の一節だった。

「その歌……」

シンが初めて笑ってくれたその歌を、ハルカもよく覚えている。

「まだ、覚えてるのか？　シン」

ほんの少し震えて、ハルカはシンが歌うのを止めた。

「当たり前だろ」

薄く、きれいにシンは微笑んだ。

ハルカも今でも、その歌が歌える。年上の仲間に教えられた意味も、はっきりと覚えていた。悲しい歌をうたうのは涙を落とすかわり、遠くを眺めるのは帰郷のかわり。故郷をしのべば、切なさがこみあげる。帰ろうにも待つ人もなく、河を渡りたくても舟はない。このつらい思いは言葉に表せない。まるで胸の中を車輪が廻っているようだ。

辛気《しんき》くさい歌だなと憎まれ口をきいた子供のころは、今のハルカからもう途方もなく遠い。

ハルカはシンがその歌を忘れてくれていることを、自分が何処《どこ》かで望んでいたのだと気づいた。そんな遠くを思う歌はもう、一節も歌わないでくれた方が救われた。

「セツはこの国で生まれたんだ。大陸から来たんじゃない、おまえと違って」

まだ、シンは彼《か》の国のことを思っているのだろうか。

胸に深く宿しているのだろうか、彼の国を恋しく思っていた殺してしまった男のことを今も。

あの男の飼っていた、焔《ほのお》のような闇を。

胸を塞《ふさ》がれる思いがしながら、ハルカはもうシンを見ることができなかった。

「胸の中を……車輪が廻ってるのか？　シン」

ほとんど独り言のように尋ねても、シンからいらえは返らない。

「セツはもう生きてねえよ」

捨て鉢に、ハルカは言った。

「俺のせいだ」

身を縮めるとシンの手がハルカの背を撫でて、それを振り払う気力が今はない。

いつかシンに買ってやった小鳥も、この間不意に、死んでしまった。

悪《あ》しきこと、その悲しみがすべて自らの行いのせいだと、ハルカはよくわかっていた。


夜も更《ふ》けるころ、一仕事終えてからハルカは最近の習慣になったダウンタウンの見回りをして、出会ったときにセツが立っていた場所に立ち止まった。

まだ幼かったセツがハルカの目に止まった理由は、きっと誰にも知れていたのだろうと思うと羞恥とすまなさで居たたまれなくなる。

セツは、シンに少し似ていた。同じ中国系だからということももちろんあったけれど、その中でもセツは一際シンを思わせた。

「……生きて、ねえよな。セツ」

答えを聞けるはずもないのに、ハルカはもう輪郭《りんかく》もはっきりしないセツの影に問い掛けた。

手を取ったのに、何故《なぜ》護ってやれなかったのだろう。

そうではない、セツが自分に望んでいたことは、一番に愛されることだ。

あんなにも健気《けなげ》だったセツを、どうして愛してやれなかったのか。愛してやれさえすれば、
セツは今もハルカの傍《かたわ》らに居ただろう。生きて。

「ごめんな……」

意味のない自問に気づいて、ハルカはその場を離れた。

セツもその理由はよく知っていて、どうにもならないこともわかっていた。

沢山《たくさん》の者を抱えようとしても、ハルカの胸に棲《す》むのはただ一人だ。

何か頼りない気持ちに襲われて、ハルカは黒髪を掻《か》いた。

「……あいつのツラでも見て、飲むか」

口から出た言葉は乱暴だったけれど、焦燥《しょうそう》がハルカの喉元に迫り上がる。

この街に、シンは今居るだろうか。あの歌のように故郷と、その国の血を汲むもう居ない男を恋しく恋しく思って、飛び立っていってはしまわないだろうか。

羽ばたくに足る羽を、今ならシンも身につけている。

車を拾ってハルカは、マリア・ソルへ向かった。

シンの存在を確かめないまま、ハルカの焦りが納まることはない。


マリア・ソルの手前で、運転手に余分にチップを渡してハルカは車を降りた。

知り合いがいたら暗い顔を見せたくないと、頬を右手で一つ叩く。

店まで後少しというところで、ハルカは違う意味で知った顔が地下のマリア・ソルから上がって来るのを見た。

初老と言うにはまだ早い、けれど年嵩《としかさ》の、身なりの整った中国系の男だ。

紳士然とした中国系の男というだけで、ハルカは胸がざわつく。

「またあいつか……」

舌打ちをして、ハルカは髪を掻き毟った。

以前、シンの英語を矯正《きょうせい》した若い刑事が、ロサンゼルス市警に移ってパートナーを持った。若い刑事の方は、相変わらず頭に血が上ると何をするかわからないところがあるので頼る気にはなれなかったが、そのパートナーにハルカは今見た男のことを相談しようかとふと思った。

別に刑事に相談したりしなくても、ハルカがその男を店に近づけなくすることは簡単だったが、男はまだ何をした訳でもない。何もしていない男をさすがに暴力で店から遠ざける訳にはいかないから、刑事になんとかして貰えないかと考えた。

刑事が手を出せると思い込むほど、ハルカは彼を見ると嫌な予感がしてならない。

男はシンの大学の知り合いで、最近マリア・ソルによく顔を出していた。今日もカウンターで飲んで、シンと難しい数字の話をして帰ったのだろう。

肩を竦《すく》めて、重い気持ちを振り払うようにしてハルカは店に入った。

「よう、飲んでるか」

入り口近くのテーブルに知った顔を見かけて、陽気に笑って高いところで掌《てのひら》を合わせる。

「クリスマスはどうするんだよ、ハル」

もう酔っている常連客は、この季節になるとハルカの顔を見ては皆同じことを聞いてきた。

「いつも通りだ、男だけでここを借り切るよ。独り者は呑んで騒げ」

軽口を聞かせて手を振って、ハルカがカウンターに向かう。

いつもと変わらずにシンは、淡々と仕事をこなしていた。

だが、すぐにシンは気づいて、ハルカにしかわからない程度の笑みを見せる。

「あいつ、また来てたのか」

笑い返さず、ハルカはシンに少し顔を寄せて尋ねた。

「あいつって？」

まるで誰だかわからないというように、シンは涼しい顔だ。

誰の目にもさっき出て行った男がシンに執心《しゅうしん》していることは明らかで、それをハルカが快く思っていないことも、もう知れ渡っている。

シンだけが、そのことに気づいてさえいないような顔をして見せた。

「何かされたら、すぐに言えよ」

苛立《いらだ》ちがハルカの声に、露骨に映る。

「大人しい人だよ。何も心配する必要なんかない」

さすがにそれを無視はできないのか、シンは微《かす》かに笑った。

返された言葉に、シンが「あいつ」が誰なのかを自覚しているのはわかって、ハルカが大きく溜息を吐《つ》く。

「ビール！」

乱暴に言い捨てて、ハルカはシンを見張るようにカウンターに腰掛けた。

後ろから不意に、ハルカは誰かに肩を摑まれた。

振り返ると入り口の辺りで飲んでいた顔なじみのシドが、訳知り顔で苦笑している。

「シンに虫がつくなんて、珍しいな」

ハルカは顔が広く様々な仕事に手を付けているので、知り合いも友人も多い。それをハルカは、少しも厭《いと》わない。

本当はセツを探しているにしても、一人で街をうろつくなどハルカの性《しょう》には合わないことだった。

「まあ、な」

曖昧《あいまい》にシドに笑い返す。あの男がシンについた「虫」だと、認めることも嫌だった。

「この辺じゃあシンに粉掛けようなんてヤツはいねえのによ、おまえがこええからな。大人しそうな顔して怖い者知らずだな、あのチャイニーズ」

宥《なだ》めるようにシドが、ハルカに溜息を聞かせる。そうしてからシドはふと、シンを見つめた。

「それに、おまえがいなくたってシンに言い寄ろうなんて普通は思わねえよ。少なくとも俺は思わないね、ゲイだったとしてもな」

何処か独り言のようにシドが、シンを眺めたまましみじみと呟く。

「どういう意味だ？」

誰が見ても、シンはきれいだ。その気のない男でもシンを見たら情動が動く。そんな風にハルカはシンを、いつでも案じていた。

「たとえば、天にましますわれらの父みたいなもんが。まあ、俺は信心深い方じゃねえけど」

なんの話をシドが始めたのかわからずに、大人しくハルカがそれを聞く。

「そういう絶対なもんが、シンを作ったのさ。きれい過ぎて、手え出したらバチが当たりそうで俺はごめんだね」

ふと思ったままを、口にしたのだろう。そんな風にシドは、気軽にシンを語った。

ぼんやりとハルカは、一人の男のことを思い出した。

自分の知る限りただ一人、情動が鋭利な爪になってシンの肉を抉《えぐ》った今はもういない男のことを。

神が作った物を壊そうとするのは、確かに魔のような者なのかもしれない。

「よく抱けるな、ハル」

問われてシンは、否定しようとして開き掛けた唇を閉じた。こういう誤解を、ハルカはいつでも解かずに置いた。

シンがハルカのものだと思わせておくのは、シンを護ることになっているので。

「ベッドでも、シンはまるできれいな中国人形だ」

目を伏せて嘘を、ハルカは吐《つ》いた。

いや、嘘ではないのだと、ベッドの上のシンを思い返す。痩《や》せ細った腕を押さえつけていた今はいない男が、まるで自分であるかのようにハルカは錯覚《さっかく》した。

「嬉しい。寄ってくれるなんて」

思い出の多過ぎるチャイナタウンの、裏通りの宿に、ハルカは足を踏み入れていた。

いつ崩れてもおかしくない古い宿の狭い部屋には、ベッドと小さなテーブルに椅子が用意されている。それだけの部屋だ。

「おまえが相談事があるって言うから。どうした？　何か困ったことがあるなら……」

酒を用意していた少年が、いたずらっぽく笑ってハルカの肩に手を置く。

シャオというその中国系の少年は、不意に、ハルカの唇に唇を合わせてきた。

男とも女ともキスをするのにハルカは慣れていたけれど、少年の胸を掌《てのひら》で押し返す。抱くにはまだ幼く思えるシャオは、ハルカのシマにいる男娼だった。

「どうして？　キスは嫌い？」

「相談があるって言ったのは、嘘か？」

少年に見合わない艶《つや》を自分に向けてくるシャオに、苛立《いらだ》ちを隠さずにハルカが顔を顰《しか》める。

「怖い顔しないで。ねえ、キスの先は？　嫌いじゃないよね？　ハル」

「おまえなら、高値で買う客がいくらでもいるだろう」

「僕はハルにお客さんになって欲しいんじゃないよ」

黒髪を少し伸ばし始めているシャオは、色のある唇に弧《こ》を描かせた。

「ハル、僕はセツみたいに居なくなったりしないよ」

慣れた指でシャオが、ハルカの下肢をまさぐる。

もう一度キスをしようとしてシャオは、ハルカにまるでその気がないことに気づいて肩を竦《すく》めた。

「だって、もうセツは帰って来ないよ。中国系が好きなんじゃないの？」

いい加減シャオの意図が、ハルカにもはっきりと伝わる。

シンと暮らしながらハルカがセツも飼っていると、知っている者は多かった。そのセツが消えて、シャオは後釜《あとがま》に座ろうというのだろう。ハルカの愛人になりたいのだ。

セツのようにシャオが自分を愛しているわけではないことは、触れただけのキスですぐにハルカもわかった。ただ客を取るよりはシマを仕切っているハルカの愛人になった方が、楽だし安心だ。

そういうことに、シャオはよく頭が回るのだろう。

「おまえいくつになった？　シャオ」

そもそもシャオは、いつから何故《なぜ》こうしているのだろうと、ふとハルカはそのことが気に掛かった。

「民生委員みたいなこと聞かないでよ」

気を悪くしたのかずっと薄笑いをしていた唇が歪んで、シャオが肩口に降りている髪を搔《か》き上げる。

「何か別の仕事を、見つけてやろうか」

今までハルカは、娼婦達にこんなことを言ったことはなかった。彼らがそうするのは、他の生き方ができないからだと、知ったつもりでいた。

けれどそうしてセツは、やっと大人になったかというころに、まるで最初からいなかったかのように消えてしまった。

「何言ってんの。まともに読み書きもできないのに、僕に何ができるのさ」

案の定シャオは、ハルカを相手にせずにまた笑っている。

「じゃあ学校に行くか？」

まるで似ていないシャオに、遠い日のセツをハルカは重ね合わせた。セツへの償《つぐな》いの代わりに、シャオにできもしないことを尋ねる。

「学校？」

なんのことかもわからないというように、シャオは鼻で笑った。

「わかった。何か新しい遊びを始めたんだね」

相手にせずにシャオが、ハルカの膝に腰を下ろす。白い指が、ハルカの頬を抱いた。その指が幼い日のシンを思わせて、ハルカはシャオを振り払うことができない。

「僕、知ってるんだよ。前にセツとハルが話してるのを、聞いちゃったんだ」

耳元にシャオは、囁《ささや》いて見せた。

「何が」

声がまだ少年だと、それを疎《うと》ましく思いながらハルカが尋ね返す。

「ハルはシンと寝てないって。だからセツを代わりにしてたんでしょう？　今度は僕が代わりになってあげる」

シャオの言葉に、ハルカは目を瞠った。

「……シャオ、そのことは」

いなくなる前セツは、薬を打ってハルカに声を荒らげることがあった。安宿の壁越しに、シャオはそれを聞いたのかもしれない。

顔色を変えたハルカの油断した心に入り込むように、シャオは艶を晒《さら》した。

「あんなきれいな人と暮らしてるのに、どうして抱かないの？　確かにシンは触ったら冷たそうだけど、触らないでずっと一緒にいるなんてそんなのおかしくなっちゃうよね」

憐《あわ》れむ声に一瞬、ハルカが縋《すが》ってしまいそうになる。

「いいよハル、どんなことしても」

唇を寄せてシャオが微笑《ほほえ》むのに、すぐにハルカは正気に返った。

「そんなこと、言うなよ」

どんなことでもというのを、まだシャオがわかっていないのか、それとも知っていてそう言うのか。

いや、かつてこのチャイナタウンの豪邸の閨《ねや》で少年に施《ほどこ》されたような仕打ちを、もし受けた子供がいたらその者は正気でいるだろうか。

一体彼は、正気なのか。

青年になったシンは、今、どんな心で立っているのだろうか。

「いいか、シャオ。誰にも、絶対にそんなことを言うな」

「お客さんは喜ぶよ」

無邪気に笑ったシャオを、ハルカはベッドに座らせて両肩を掴んだ。

「俺の言いつけだ。二度とそんなことは言うなよ」

強く言って、ハルカが纏《まと》まった金をシャオに握らせる。

満足そうに、シャオは笑った。そのままハルカの手を引いてベッドに誘い込もうとして、体を傾ける。

「しばらく俺がおまえを買うから、客を取るのをやめな」

「嬉しい」

高い声を上げてシャオは、ハルカの首に抱きついた。

丁寧に、ハルカがその腕を解《ほど》く。黒髪を撫でてやって、ハルカはベッドを離れた。

「ハル？」

ベッドから不思議そうに、シャオがハルカを呼ぶ。

「また来るよ」

振り返らずに、ハルカは部屋を出た。

首に巻き付いたシャオの手の幼さに、震える。

セツのことも、決して抱くべきではなかったのだと、ハルカは両手で顔を覆った。


何日かシンの顔を見ずに過ごして、このまま永遠に離れているべきなのではないかと思う。それでも結局ハルカはいつでも、シンのいるフラットに帰った。どんなに静かにドアを開けても、シンは居れば起きてハルカを出迎える。

その気配がないので居ないのだろうかとリビングに入ると、珍しくシンが椅子に座ってテーブルに体を寄せて眠っていた。

「……もうバイト、やめりゃあいいのに」

マリア・ソルでの仕事を、やめたらどうかと時々ハルカはシンに言うことがあった。明け方まで働くこともあるし、そうするとほとんど眠らないで大学に行く日もある。金のことは自分がどうとでもすると言うと、シンは困ったように笑う。働いているのが好きだと、シンは言った。

本当はハルカは、シンのどの仕事も止めさせたくなることがある。酒の出る店で人前に立たせたり、自分の目の届かない大学で何をしているかもわからないのは嫌だ。

そう思う度に、小鳥を飼った訳ではないのだと、ハルカは己を戒《いまし》めた。

「いっそ、おまえが小鳥ならな」

思ったことと真逆のことが口から零《こぼ》れて、ハルカは無意識に、シンの黒髪に触れた。

目覚めているシンに、ハルカが触れることはほとんどない。触れないようにしている。

剝《む》き出しになった左頬に、ハルカは指先を当てた。

シャオが言うようには、シンは冷たくはない。血が通っていることを、触らなくてもハルカは知っていた。

その血を見たことがある。

不意に、ゆっくりとシンが黒い瞳を見せた。眼差《まなざ》しが静かに、ハルカを探そうとする。

慌てて、ハルカはシンから手を引いた。

「……今日は、帰ってくるような気がしたんだ」

髪を搔《か》き上げてシンが、体を起こす。

「本当は毎日、そう思ってるんだけどね」

ハルカが触れたことを、シンは知らぬ顔でいた。何もなかったかのように、いつもとシンは変わらない。

「お粥《かゆ》を炊《た》こうと思ってた。食べない？」

座ったまま、シンはハルカを見上げた。

「……ああ」

立ち上がったシンと入れ替わりに、ハルカは疲れて椅子に座った。

「少しお酒、抜いたらいいよ」

やんわりとシンが言って、あまり物音を立てずにキッチンを使い始める。慣れたけれど不思議な香りが、部屋に立ちこめた。

時折悪酔いするハルカのために、シンが何処《どこ》かで覚えてきた薬膳《やくぜん》の粥だ。美味《うま》くはないが、確かにそれを体に入れると調子が良くなる。

会話もなく時が過ぎて、程なくハルカの目の前に器《うつわ》が置かれた。

対座してシンが、自分の分もテーブルに置く。

無言でハルカが粥に手を付けるのを見届けてから、シンは粥を口に入れた。

ゆっくりと粥を唇に運ぶシンを、ちらと、ハルカは見つめた。

眠っているときよりシンは、心がないようにハルカには映る。いつでもシンはハルカに寄り添うように従順なのに、何故《なぜ》だかその様を見せられてもハルカには心から信じることが難しい。むしろ恭順《きょうじゅん》のようなものを示されると、何かシンに自分には言えない思いがあるのかとさえ、ハルカには思えてくる。

「あいつ、また店に来たのか」

最近始終気掛かりなことを、ハルカは尋ねた。

「あいつって?」

手も止めずシンが、また問い返す。

「わかってるんだろ? とぼけるなよ」

粥を啜《すす》っていた匙《さじ》を、ハルカはテーブルに大きな音を立てて置いた。

「まだ熱いよ、気を付けて」

ハルカの手元を、シンが見つめる。

「……毎日来るよ、彼は」

粥を飲み込んでからシンは、少し声を落として言った。

「なんなんだよ、あいつ」

何度も訊いたことを、ハルカがシンに尋ねる。

「大学の准教授だよ」

躊躇《ためら》わずに、シンは語って聞かせた。

「ゲイなんだろ?」

「どうして?」

「誰が見たっておまえに気がある」

言葉遊びをする余裕などなく、ハルカがシンを責め立てる。

「そうかもしれないけど、僕には関係ない」

憤《いきどお》るハルカには付き合わずに、シンはまた粥を口に運んだ。

「僕には怖い情夫がいるからね」

戯《ふざ》けたつもりではなく、シンがハルカをちらと見る。

周囲のほとんどがそう思っていることは、二人ともわかっていて否定しない。

「あいつはそんなこと、少しも気にしちゃいねえみてえだぞ」

その男をハルカは威嚇《いかく》したこともあるので、彼にもそれは知れているはずだった。だが男は店に通う足を決して止めようとしない。

「おまえが女の一人も作らねえから、ああいうやつがつきまとうんだ」

言いながら、いつかの会話の繰り返しだと、ハルカは気づいた。

「僕は女はいらない」

繰り返しなので同じことを、シンが返す。

「それは前も聞いた。だけどな」

シンに本当の情人が必要だと、不意に、ハルカは思った。

それは何より、ハルカが自分を押しとどめるために。

「誰かと寝るなら、僕も男を選ぶよ」

投げられたシンの言葉に、ハルカは心から驚いて顔を上げた。テーブルについている手が、わずかに震える。

「……どういう意味だ？」

尋ねる声も、無様に揺れた。

「僕に初めて触れたのは、男だ。僕は男の肌しか知らない」

「どういう意味だ？　シン」

もう一度、ハルカがシンの意図を尋ねる。

そんなにもあの男を、レスリーを愛していたと、そういう話なのかとハルカは戦慄《わなな》いた。

いつの間にかシンは、元々量の少ない粥を食べ終えていた。立ち上がり、ふっとハルカにシンが近づく。

ハルカの肩に、シンは手を置いて少し身を屈めた。

「僕の情夫から、安物の香水の匂いがする」

その匂いとハルカの様子から、シンはシャオのことに感づいていることを明かしている。

「娼婦の香水なんて、みんなろくなもんじゃねえよ」

そういう者と過ごしてきたことを、今更ハルカもシンに隠したりしなかった。

こんなときシンはいつでも、少し寂しそうな似合わない傷ついたような顔をして、ハルカの仕方のない心を満たしてくれる。

「もう、セツみたいな子を持つのはやめたら？」

いつもなら言わないことを、ふと、シンは口にした。

「女房ヅラして説教か？」

「また、後悔するだけだよ」

咎《とが》めはせず、シンが少しの憐れみを見せる。

渡された眼差《まなざ》しが、ハルカには濡れて映った。

さっきハルカがそうしたように、ハルカの頬にシンがそっと触れる。

いつでも、必死で堪えている喩《たと》えようのない情動に、ハルカは腹の底を焼かれる思いがした。

無意識に手が、頬に触れているシンの手と重なった。指に、指を絡《から》める。

そのまま手を引いて抱いてしまいそうになったハルカの目の前に、少年の頃に天蓋《てんがい》付きの閨《ねや》で見た男の所業が、過《よ》ぎった。

その光景をハルカがはっきりと思い出すのは、珍しいことではない。その時引き裂かれていた少年にこうして触れる度、ベッドの上のレスリーは現れて、ハルカにシンを振り払わせる。

「シン、あんなことは」

手を振り払われることにシンは慣れているのに、いつでも寂しそうにハルカを見た。

「触ったなんて言わない」

さっきのシンの言葉を、ハルカが咎める。

禍々《まがまが》しい化け物の爪でシンを嬲《なぶ》って殺してしまいそうだったレスリーを、ハルカが忘れることはない。

何を言われているのかわかっているか読めない瞳で、シンはハルカを見つめた。

「そうだね」

何か曖昧《あいまい》に、シンが頷く。

「最近、そうかもしれないと……思うようになったよ」

ふと、シンが呟いたいつもと違う言葉の意味を、ハルカには知ることができなかった。


少し大きな取引が無事に済んで、夜の道をハルカは、習慣のようにマリア・ソルに向かっていた。

大通りから裏路地の店への角を曲がると、最近顔を合わせないようにしていたシャオが、無防備に薄着で道に立っている。

瞳を捕らえられて、観念してハルカは立ち止まった。

「……ハル」

らしくない、少し心細そうな声を、シャオが聞かせる。

溜息をついてハルカは、デニムのポケットに無造作に突っ込んであった札束を出した。

「金が足りなくなったのか。いくら必要だか言いな」

今日の取引の利益である金を、ハルカが数える。

「そんなんじゃないよ。別に僕はお金が欲しいだけじゃない。それはお金だってなくちゃ困るけど」

金を見せられても嫌な顔はせずに、癖《くせ》なのだろう、シャオは艶《つや》めいて見せた。

「ならなんだ」

「僕はハルが欲しい」

寄り添ってシャオが、意図を持ってハルカの腕を撫でる。

「セツのことは抱いてたんでしょ？　抱けないのはシンだけなんじゃないの？　いいんだよ僕は、誰の代わりでも」

すっと、目を閉じてシャオは黒髪を頰に落とした。

その姿が一瞬本当に、少年の頃のシンにハルカには映る。

自分でも度し難いほど頭に血が上って、ハルカはシャオの腕をきつく摑み上げた。

「痛……っ、何……？」

いつでもやさしいハルカの厳しい眼差《まなざ》しに、身を引こうとしてもできずにシャオがただ怯《おび》える。

「俺はもう二度と、ガキは抱かない」

シャオの纏《まと》う安物の香水は、そのまま子供のあどけなさの証《あか》しにもハルカには思えた。

「痛いよハル……僕は子供じゃないよ」

声を低くしたハルカに、シャオは震えている。

「おまえらは何もわかってない。なのに俺は……っ」

無意識に、おまえらはと、自分が口走ったことにハルカは気づいた。

セツも、シャオも、シンも、そして自分も、誰も彼も何もわかっていないころがあった。

そんなころに護られることもなく肌だけでなく心も裂かれて、やわらかだったものがまともに育つはずがない。

暗い閨《ねや》で成された罪は、自分が引き継いだのだとハルカは今更、思い知った。

レスリーと自分が、ぴったりと重なって揺れる。

護るためにシャオを叱ったのに、今から自分の手が子供を引き裂くかのように映った。

「痛い、放して……っ、怒ったなら謝るよ……っ」

本当に子供じみた言葉でシャオが泣いて、ハルカは余計に自分が許し難く思える。

「君、何してるんだ。よさないかそんな子供に！」

不意に、ハルカは力強い手に肩を摑まれた。

耳慣れない声に振り返ると、ハルカの背後に立っていたのは、ここのところシンにつきまとっている身なりの良い中国系の男だった。

驚いてハルカが手を緩《ゆる》めると、悲鳴を飲み込むようにしてシャオが駆け出して行く。見る間に角に消えたシャオが、ハルカに近づくことは二度とないだろう。

きっとシャオは、見たことのないハルカの心の底を見た。

これで良かったのだと、肩でハルカが息を吐く。足元にシャオに渡そうとした札が、無造作に散らばっていた。

「君は彼の……」

そんな言い方をした男は、ハルカのことをシンの何かではあると認識しているようだった。

「あんな子供に、何をしていたんだ。買おうとしたのか？」

足元の金を見て、男が顔色を変える。

誤解を解く気力は、ハルカには残っていなかった。

「この辺は俺のシマだ。あんたに口出しされる謂《い》われはねえよ」

脅して終わらせようと思ったけれど、必要以上にハルカの声が尖《とが》る。

誠実そうな男の言いようと中国訛《なま》りに、抑えがたい腹立たしさがハルカを襲った。

正面から見ると男は、レスリー・ウォンによく似て見える。

気のせいだと、ハルカは自分で言い聞かせた。中国系だからそんな風に見えるだけだ、ましてやここは暗がりだと、高ぶる自分を抑えようと唇を噛み締める。

「だけど子供を、君は暴力で」

「あんた、俺がシンのヒモだってわかってんだよな?」

なおも意見しようとする男の言葉を、ハルカは遮った。

「だったらなんでシンにちょっかい出す。死にてえのか」

睨《にら》んだハルカの目を、男は怯《ひる》まず、むしろ挑《いど》むように受け止める。

「ヒモなのか? 君は彼に稼《かせ》がせてるのか? あの人に何を……」

畳《たた》み掛けるように咎《とが》めようとした男の胸倉を、とうとう堪《こら》えられずハルカは摑み上げた。感情に任せて、右手で男の頬を殴りつける。

刃向かう態度とは裏腹に、男に手応えはなくあっさりと路上に倒れた。

だが、ハルカの気持ちが静まることはなかった。

あの人に何を。

そう言った男をもう一度立たせて殴り、倒れたところを蹴った。

「……っ……」

男が呻《うめ》く声など、ハルカの耳にはもう入らない。

あの人に何を、何をしたのか。シンにハルカが、何をしたのか。何をさせたのか。

男はそれを、真っ向からハルカに尋ねたのだ。

血が上って聞こえない耳に、誰かが何かを叫ぶのがようやく届く。後ろからハルカは、シドに腕を摑まれた。

「おい、いくらなんだってやり過ぎだろ。死んじまうぜ」

恐る恐るというように、シドがちらと男を見下ろしてハルカを諌《いさ》める。

「こいつカタギなんだろ？　シンにちょっかい掛けたのは、ルールを知らなかっただけだ。許してやれよ」

襤褸布《ぼろぬの》のようになった男に、ハルカは自分が随分と息を切らしていることに気づいた。

「そんな……風に」

掠《かす》れた声が、ハルカの耳に届いた。

「彼を縛る権利があるのか……っ。子供を買うような男が！」

もう意識もないように思えた男が、シドの言葉を聞いて不意に、ハルカを断罪する。

「おい……やめとけよ馬鹿！」

せっかく止めてやったのにと、シドはあきれて叫んだ。

止めようがないとシドはハルカの手を放したが、ハルカは青ざめて立ち尽くしていた。

男は何も、おかしなことは言っていない。

この男は正しい。

「……は」

笑ってしまおうと、ハルカは口を開いた。

けれどそれ以上何も、声が出ない。

マリア・ソルに背を向けて、ハルカは当てもなくふらつく足元で歩き出した。

逃げ隠れするときに使うフラットで、ハルカは夜明けまで、ただソファに丸くなっていた。喉は酷《ひど》く渇《かわ》いていたが、腹は減らない。どうしようもなく薬が欲しかったけれど、生憎《あいにく》切らしているところだった。

溺《おぼ》れすぎないように使っているつもりでいたのに、震えがきた。堪《たま》らなく今、薬が欲しい。誰かに持って来させようかと思っても、手も足も戦慄《わなな》いて起き上がれない。

男がハルカに叫んだ言葉が、繰り返しハルカの耳に返る。

耳を塞《ふさ》ぐと今度は目の前に、血まみれのレスリーが立っていた。

「おまえが……私を連れに来たんだね」

昔聞いたままの変に穏やかな声で、レスリーはハルカを見てはいない。

「何処《どこ》へ、連れて行くんだ？」

幸いそうだ。

レスリーは酷く幸いそうだ。

その穏やかさに、ハルカも肖《あやか》りたい。縋《すが》りたい。レスリーの見つめている少年に、骸《むくろ》になって抱かれてもう眠りたい。

その少年は故郷を同じくする情人を、ハルカのために撃ち殺した。

ひとしずくだけ、涙を零《こぼ》して。

あの魔物のような男は、そうだ、シンの本当の情人だった。確かに愛していたと、シンはハルカに教えている。

それをずっとハルカは信じまいとしてきたけれど、愛してなければあんなことが許せるわけがない。

天蓋《てんがい》の下で行われた狂った交わりを、許せていなければあの小鳥が正気で生きているはずがない。

それともシンは、今正気でハルカのそばにいるのではないのだろうか。

「ハル」

不意に、レスリーの骸を連れて行く少年の大人へと変わった声に呼ばれて、びくりとハルカは起き上がった。

過去の幻影と現実が、混在する。

レスリーは酷く寂しそうにシンを見つめて、薄闇に溶けるように消え果てた。

「大丈夫？　もしかしたらここかと思って」

ソファに屈んで尋ねるシンは、全身に刺繍《ししゅう》の施《ほどこ》された白い絹を纏《まと》った子供ではなく、現在の彼だ。

合い鍵で入ったのだろうシンは、恐らくシドからさっきのハルカの所業を聞いている。

「水と痛み止め、持って来たよ」

けれどそんなことはおくびにも出さずに、シンはミネラルウォーターと白い錠剤を出した。錠剤は痛み止めではなく、ドラッグだった。

それがハルカに必要だとシンは、察する時を心得ている。

差し出された分を全部、ハルカは水で流し込んだ。息は簡単には、整わない。肩で息を吐いたまま、ハルカはレスリーの立っていた辺りを、もう一度見た。

「今、あいつが来てた」

「……そう」

誰なのかと、シンは聞かない。

「帰りたい塒《ねぐら》に、あいつは帰った」

「……うん」

誰のことを言っているのかシンがわかっているのかどうか、ハルカは確かめなかった。

他に誰のことだとシンが思うというのか、考えもつかなかったので。

ハルカの言葉を聞いて、シンが何を感じているのかは計れない。そもそもこのシンでさえ幻影なのかもしれないと、まだ薬の効かない頭が迷う。

用意してきた消毒液とガーゼで、シンは丁寧に、ハルカの右手を拭《ぬぐ》い始めた。

「いて……っ」

消毒液が染みて、右手の血が殴りつけた男のものだけではないと、ハルカが知る。

慣れた手つきで、シンはハルカの手を手当てした。

「誰を殴ったのか聞かねえのか？」

もうとうにシドから聞いているのだろうシンは、沈黙したままハルカの右手に包帯を巻いている。

「おまえはいつもそうだな」

呟いたらハルカは、泣いてしまいそうになった。何かが、シンから欲しい。今だけでもいい、慰めを分けられたい。

あの中国人が叫んだようにそんな資格は何処《どこ》にもないけれど、シンからハルカは、少しの愛が欲しい。

何も持たなかった子供のころ、最初に愛したその人から、赦《ゆる》されたい。

「あいつを殴った」

いつから自分は赦されないものを背負ったのだろうと思いながら、ハルカにはもう過去を振り返る力もなかった。

「あいつ?」

ようやくシンが、ハルカの話に付き合う。

「おまえにつきまとってる中国人だ。死んだかもな」

「そう」

驚くことも腹を立てることもせずに、シンは冷たそうな唇で短く言った。

「生きてても、もうあいつとは口をきくな」

「わかった」

ただ従順にいつもと変わらずに頷くシンに、ハルカが突き落とされるような絶望を覚える。

閨《ねや》で鋭利な爪に抉《えぐ》られていた少年の恭順《きょうじゅん》と、それは何が違うとも思えなかった。

それなら自分も欲しい愛を得ているのかもしれない。あの魔の爪と同じ赦しを、与えられているのかもしれない。

けれど幼かったシンを古びた屋敷から連れ出して、ハルカがシンに与えたかった正気は決してそんなものではないはずなのに。

「俺は、レスリーと同じじゃねえのか?　シン」

とうとうハルカの口から、さっきまでここにいた男の名前が零《こぼ》れる。

何を考えているのかまるで映さない美しい黒い石のような瞳が、まっすぐにハルカに向けられていた。

不意に、シンがそっとハルカの左手を取る。その手をシンは、自分の頬に当てさせた。

「冷え切ってる」

温《ぬく》もらせるようにシンが、そのままハルカの手を抱いている。

ハルカは、受け止められない。言葉では答えないのに、シンはハルカの望んだものを与えようとする。

与えるのは、ハルカが乞《こ》うたからだ。シンはいつでもそうだ。乞えば与える。ハルカにも、レスリーにも。

思えばシンは、レスリーに死を、与えたのだ。

今は同じようにハルカに、愛のようなものをくれようとしている。

望めばシンは、ハルカにも死をくれるのだろうか。

「風邪を引くよ。お湯を張るから、バスルームを使って」

「なんでそんな風に俺に触るんだ?」

その愛はいらないと言えないくらい餓《かつ》えた自分が、ハルカは酷《ひど》く憐《あわ》れになった。

「どうして俺みたいな人間といられるんだ、おまえは」

手を振り払うことができないまま、シンに尋ねる。

ふっと、シンが唇を開き掛けた。何か答えが、返ろうとするのを顔を伏せてハルカが拒《こば》む。

ずっと唯一与えられなかった言葉は、こんな風に不用意に受け取るには怖過ぎた。

知りたかったはずなのにと、己の意気地のなさに呆れ返る。

「……一人に、してくれ。シン」

絞《しぼ》り出すようにハルカは、シンに乞うた。

乞えば、必ずシンは願いを叶えてくれる。

それが道ばたの物乞いとどう違うのかわからずに、ハルカは静かにシンの出て行く音を聞いていた。


深まる気鬱《きうつ》を薬でばかり晴らすのはよくないとわかっていても、代わりに酒を呑んだらたいして変わらない。

それでもなんとか自分達なりの日常を取り戻そうとしてハルカは、マリア・ソルのカウンターで強いウイスキーを呑んでいた。

挨拶《あいさつ》ぐらいしか、ハルカに掛かる声はない。こんなにあからさまな不機嫌をここで晒《さら》すのは、ハルカも本意ではなかった。

透明な氷の入った水が、不意に、ハルカの前に置かれた。顔を上げなくても、シンが置いたことはわかる。

特に言葉もなくシンは、仕事に戻って行った。

何か、入り口のところで揉《も》める声が響いた。見るとシドが、誰かを止めようとして騒いでいる。

「いいんだ、大丈夫だから」

強くシドに言って入って来たのは、この間ハルカが半殺しにした男だった。

まだ癒《い》えない傷や痣《あざ》を見せたまま、男が会釈《えしゃく》してハルカの隣に腰を下ろす。

シンのところに通い詰めた彼にハルカがとうとう切れたことは知れ渡っていて、周囲は息を呑むように静まって二人を見ていた。

「紹興酒《しょうこうしゅ》を、彼に注文して貰っていいかい？」

苦笑して、おかしなことを男はハルカに頼んでくる。

「大学でも、見事に口をきいてくれなくなったよ」

溜息を吐いて男は、決してこちらを見ないシンを見つめた。

「私はホァンといいます」

初めて名乗った男の、はっきりとした中国訛《なま》りに、彼が中国系なのではなく本物の中国人なのだとハルカは気づいた。

シンと同じく、大陸で生まれて大陸から来た者だ。

「北京《ペキン》から来ていて……最初、大学でもわからないことばかりで色々みんなに迷惑を掛けていました。勉強を教えに来たのに」

名乗り返さないハルカに、自分の身の上をホァンが簡単に聞かせる。

「彼が、よく助けてくれて」

「シンが？」

落とされた言葉に、信じ難いと、思わずハルカは問い返した。

ホァンがここに通う姿を見ていても、それは一方的なものだとハルカは思い込んでいた。他人をシンが、気に掛けることはほとんどない。

「同胞だからだとは、わかっていたけれど」

ハルカの勢いに逆に困って、ホァンは言い訳のように添えた。

同胞だから、シンがこの男を助けたのかと思うと、ハルカは腹の底が焼けるような思いがした。

「異国で最初に助けてくれた人が、嘘のように美しくて。年甲斐《としがい》もなく夢中になりました」

言葉ほどは、近くで見るとホァンは年嵩《としかさ》には見えない。

ただ、こうして見るとレスリーにやはりどうしても似て思えて、それがホァンを年配であるかのように錯覚《さっかく》させた。

「ずっと昔から、君がどれだけ彼を大切にして護ってきたか聞きました。この間、私を病院に運んでくれたお友達に」

振り返るとバツが悪そうにしているシドを、ハルカが睨《にら》み付ける。

この男に、自分達の何一つも、欠片《かけら》さえも分けたくはなかった。

大陸から来た、レスリーに似た、シンを欲している男。

今すぐ目の前から消えて欲しいと、ハルカは大き過ぎる敵意と恐怖に耳が熱くなるのを感じた。

「確かに私のような馬鹿がいるから、彼を護ることは必要かもしれない」

構わずハルカに語り掛ける、ホァンの言葉は穏やかだ。

いや、レスリーの言葉も穏やかだった。言葉では人はわからない。姿では心は見抜けない。

何が見えているんだい？

不意に、遠い昔レスリーが自分に尋ねた言葉が、ハルカの耳に返った。

あのころは見えていたのかもしれない。本当というものがあるなら、そういうものがハルカにもわかっていたのかもしれない。

今は何も見えない。目の前の男のこともわからないし、シンの気持ちも見失ったままだ。

本当というものがもしあるのなら、それはもうハルカを遠く離れて行ってしまった。

「けれど」

声を聞かされてハルカが、ホァンの話が終わっていないことに気づく。

「私を殴って遠ざけ、彼はもう私と口をきかない。そんなことが彼を幸せにするでしょうか？」

真っ直ぐに問い掛けられて、頭に血を上らせてハルカは立ち上がった。

ずっと、シンのことを考えて来たのは自分だ。シンの幸せを思っていたのは自分なのに、どうして突然現れた他人にそんなことを言われなければならないのかという憤《いきどお》りが、ハルカに突然に、己の深い驕《おご》りを教えた。

「殴りたければ、殴ればいい。私は何度でも来ます」

驕って、震えているのは自分で、ホァンは怯《おび》えもせずにハルカを見返している。

息を詰めて、ハルカはシンを振り返った。

シンは二人を見ることをせずに、まるで何も思っていないような、人とは思えぬきれいな横顔をしていた。

「……あんた、まともな人間なんだな」

今この場で、本当にシンのことを考えているのは、もしかしたらこの男なのかもしれない。

酷《ひど》く、ハルカの気持ちが弱った。

あれ程似て見えたのが嘘のように、ホァンはレスリーとはまるで違う人間に思え始めた。

真摯《しんし》な眼差《まなざ》しと言葉のまま、ホァンは今までシンが見て来たどの男とも違う気がした。ハルカ自身とも、違う。

こういう人間に、シンを託《たく》すべきなのかもしれない。

この男はハルカのように惑《まど》わずに、シンを真っ直ぐに愛するだろう。その愛は、幼い頃引き裂かれた白い小鳥の心を、癒《いや》し宥《なだ》めるかもしれない。

ハルカにはできないことが、この男はきっとできる。

このまま、立ち去ろうかとハルカは、足元をふらつかせた。

不意に、二人のやり取りを聞いてさえいないように見えたシンが、すっとホァンの横に立った。

行くのだろうか、昔ハルカが竹の籠《かご》から出した鳥は。随分長いこと飛ばずにいると思っているけれど、羽ばたけるならそうした方がいい。

それをずっとハルカは恐れていたけれど、シンは行った方がいいのだ。

心の凪《な》ぐ場所があるのなら、そこへ。

「もう、ここへは来ないでください」

引き留めまいと俯《うつむ》いたハルカの肩先で、シンはホァンに言った。

「大学でも、用がなければ話し掛けないでください」

凍るように冷たい声を、シンがホァンに聞かせる。

縋《すが》って、ホァンはシンを見上げた。

「君は……『悲歌』を、歌ってくれた。私がなんでもいいから中国語で話してくれと、頼んだとき」

それが、昔ハルカがシンに歌った歌だということは、ハルカにもわかる。

「胸の中を、車輪が廻るようなんだろう?」

泣いているような声を、ホァンは聞かせた。

「いつか一緒に……中国に帰らないか」

その言葉に、ハルカの胸が抉《えぐ》られる。

シンの帰るべき国からもハルカは、目を逸《そ》らしてきた。レスリーの血も、その国から流れて来た。逝《い》ったレスリーを、シンは今もその腕に抱いている。

華人が連れて来た迷う鳥を、また華人が連れて帰るのは道理にかなっている。

「いいえ」

けれど躊躇《ためら》いを見せずに、きっぱりとシンは首を振った。

否応なく安堵《あんど》の吐息が、ハルカの唇から情けなく零《こぼ》れ落ちる。

「愛しているんですか? この人を」

自分のことを言ったのだろうホァンの問い掛けに、ハルカはシンを見ることができなかった。

「ええ」

迷わずに、静かな声でシンが告げる。

「愛しています」

穏やかに響く言葉が、ホァンを黙らせ、立ち去らせた。

誰も二人を冷やかすことはなく、ホァンの立ち去った店は白け切って、ハルカとシンは塒《ねぐら》に帰った。

何故《なぜ》あんな嘘をとは、ハルカは言わない。困ったらハルカのものだと言えと、シンには言いつけてある。

後からシャワーを使ったシンが、髪を拭いながらハルカのベッドに現れた。ハルカの買い与えた、上質なローブが肌にぴったりと寄り添っている。

望めばシンは自分にどんな言葉も、その髪も肌も厭《いと》わず与えるだろうとハルカはもうわかっていた。

けれどハルカは欲しくない。

レスリーに与えられたものを同じ愛は、ハルカはいらない。

「シン……あいつはまともなやつだ。レスリーとは違う」

自分が横たわっているベッドに腰掛けたシンに、ハルカが教えた。

「あいつと行ったらいい」

呟くと口の中が、酷《ひど》く渇《かわ》いた。

「何処《どこ》へ?」

返すシンの声は、まるで歌のように意味を成さない。

「胸の中を、車輪が廻るんだろう?」

ホァンが尋ねたのと同じことを、ハルカはシンに訊いた。

きっと何処かに、シンの心は帰りたがっている。レスリーの骸《むくろ》を抱いている少年の綻《ほころ》んだ心は、もうとうにここにはないのかもしれないと、ハルカは思った。

「廻らないよ」

歌の続きのように、シンは言った。

聞かないハルカの頬に、シンが触れる。

触れられてハルカはシンの手を打ち払いたかったけれど、そうする気力が完全に萎《な》えていた。

死んだ者のように、今自分はシンに抱かれていると、ぼんやりとハルカが思う。憐《あわ》れみと慰めは、死人になれば誰にでも施《ほどこ》されるだろう。

「僕がこの歌をいつまでも覚えているのは、ハルが僕に歌ってくれたからだよ」

床に膝をついてシンは、ハルカの頬のそばに顔を寄せた。

「意味を考えたりしない。悲しい歌だとは思うけど」

瞳を捕らえようと、シンは無理はしない。

だからハルカは、シンが囁《ささや》く言葉がまだ歌の途中に聞こえていた。

「あいつにやさしくしてやったんだろう？」

彼と行きたいはずだと、ホァンの話をハルカが続ける。

「おまえは同胞を気に掛けたりしない。あいつは……レスリーを思い出す」

口にしたくないことを、ハルカは言葉にして明かした。

「そうだね」

あっさりとシンが、肯定する。

それを聞きたくはなかったけれど、あきらめのようにハルカは息を吐いた。

「おまえに一番最初に触った男だ。だけど今度はきっと、レスリーとは違う。あいつは何かまともなもんを、おまえにくれるよ」

それは決して自分には与えてやれなかったものだとまでは、ハルカも声にできはしない。

ただハルカは、シンをもう解放したかった。レスリーと、その影を見続ける、もうその影そのものであるかのような自分から。

「ハル、それは別に比喩《ひゆ》じゃないんだ」

ふと、まるで意味のわからないことを、シンは言った。

初めてシンが注ぐ声が歌ではないように聞こえて、ハルカがシンの眼差《まなざ》しを振り返る。

「大陸に、僕の帰る場所なんてないんだよ」

「だけど……おまえは俺の歌った歌を、いつまでも覚えて」

「さっき言ったよ。それは君が歌ってくれたから、覚えているだけだ」

言い聞かせてシンが、珍しく少し億劫《おっくう》そうな息を吐く。

重く映る唇が、何かを語るために開かれるのを、ハルカは見ていた。

「僕はね、ハル。多分大きな屋敷の牢屋みたいなところに、一人でいた。ずっと」

初めて聞かされる話を、頬杖《ほおづえ》をついてシンが綴《つづ》る。

「僕の世話をする老婆だけが、格子《こうし》の中に入ってきた。男の教師がいて、彼はいつも檻《おり》の外から僕に意味のないことを教えていた」

作り話を聞かされているような気持ちになって、ただぼんやりとハルカは、出会う以前のシンの物語を見つめていた。

「高いところにある窓とも言えないようなところから、時には陽が覗いていた」

尊くそれを眺めていたことを教えて、シンの目がわずかに天上を見る。

「老婆は口を聞かず、唯一声を聞かせていた教師が、僕に教えた。僕の母親と父親は兄と妹で、僕は忌《い》むべき者だからやがて殺されるだろうと」

なんでもないことのように淡々と、声を揺らしもせずにシンは言った。

「だから連れて逃げると格子の向こうで教師が言い出したら、教師の姿を見なくなって老婆に船に乗せられてこの国に来た」

それでも、シンはこのことを今までハルカに言わなかった。

「……逃げようと、思わなかったのか？」

言えなかったシンの心を、ハルカが思う。

「君も覚えてるだろう？　僕の足が萎《な》えていたのは、レスリーに監禁されていたからだけじゃない。ずっと前からのことだよ」

生まれたときからと、シンは笑おうとして、笑いはしなかった。

「彼が」

ふと、シンの瞳が遠い過去を探す。

「レスリーが、私の小鳥と言って僕を抱きしめたとき、本当に驚いたよ。誰も僕に触れようとしなかったし、触れようとした教師は多分生きていない」

もっと深い絶望がシンの育った暗がりにあった。

それでシンがレスリーを赦し、愛しさえしたというのなら、ハルカはその深過ぎる暗闇にもう救う手がなかった。

絶望のままに呆然としているハルカを、シンが見つめる。

「だから僕は、どんな目にあってもあの人を赦した。だけど」

シンの手がハルカの指を取る。その掌《てのひら》に、シンは自分の頬を添わせた。

「本当に時々だけど、君が僕に触るときに」

ゆっくりと首を傾けて、シンがハルカの体温を探るように目を伏せる。

「あれは愛情ではなかったと、僕は知る」

このままシンを、抱き竦《すく》めることが自分にできるのかもしれないと、ハルカに思わせる程に、シンの声は穏やかだ。

「ハル」

自分を呼ぶシンの声を、ハルカはよく、聞いた。

「僕は君といて、少し、愛を覚えた気がするんだ」

叶うなら君に触れられたいと、シンはハルカに囁《ささや》く。

シンに導かれた掌《てのひら》で、初めて、ハルカは自分からシンの肌を抱いた。陶器のように映える肌は、探ると温もって、血が通っていることを改めて知る。

施《ほどこ》されるままに、シンの言葉のままに、ハルカはシンと肌を交わそうとした。

腕を引いてベッドにシンの体を横たえ、覆い被さってその頬を繰り返し撫でる。ハルカの唇が、シンの唇にわずかに触れそうになった。

けれど刹那《せつな》、ハルカの腕の下の青年が、幼い姿に時を戻す。

その姿はいなくなったセツが喘《あえ》ぐのにも重なって、ハルカは自分の指先に、鋭利な爪が伸びるのを確かに見た。

「俺がレスリーと違うなら、なんでおまえは俺のことも赦す」

抱こうとしたシンを突き放して、ハルカが起き上がり背を向ける。指先に見えた尖ったそれは、容易には消えてなくならない。

「俺はあいつと何も変わらない。俺はおまえを抱く代わりにセツを抱いてた。知ってるか？子供を抱いたヤツはムショでだって嬲《なぶ》り殺されるんだ。そんな野郎を……っ」

両手で、ハルカは顔を覆った。

悔いても足りない涙が滲《にじ》んで、指の合間から零《こぼ》れ落ちる。

「セツを拾ったときは、君自身も子供だった」

ハルカの背に、シンはそっと触れた。

「俺は赦されるのにも愛されるのにも値《あたい》しない最低のクズだ！」

寄り添おうとしたシンを、叫んでハルカが拒《こば》む。

「僕の大切な人を、そんな風に詰《なじ》らないで」

それでもまた頬に触れようとしたシンの手首を、きつくハルカは摑んで止めた。痣《あざ》になる程強く摑んでいるとハルカは気づいたが、シンは何も言わない。

「痛いだろう？」

手を緩《ゆる》めて、無意識にその手首をほんの少し、ハルカは撫でた。

「おまえはレスリーの閨《ねや》でも、悲鳴一つ上げなかった」

泣かなかった少年の代わりに、ハルカが涙を落とす。

「俺がどんな真似《まね》をしても、あいつと同じに赦すのか？」

何を、覚えたと今シンが自分に教えたのか、それはハルカも聞いていた。ハルカと居てと、シンは言った。

疑心に、ハルカは酷《ひど》く苛《さいな》まれる。

天蓋《てんがい》の下の光景を、いつまでも忘れられないのは、ハルカだ。

「どうして信じられる」

自分がセツにしたことを違うと思えるときもあれば、セツの不在がハルカの所業の愛のなさを思い知らせもする。

「……何を？」

手首から離れていくハルカの指を、シンはずっと、追っていた。

「おまえの言う、愛情ってやつを。俺の愛もおまえの愛も……どうやったら、信じられる」

完全に、ハルカの手がシンの肌を離れる。

息を吐いてシンは、自分の手首を眺めていた。

「そうだね」

悲歌を歌うようにシンの声が、意味を成さなくなる。

「僕たちには……難しいことなのかもしれない」

あきらめを、シンが口にしたことはハルカにも聞こえた。

「おまえが本当に愛されることを知りたいなら、ここを出て行けよ。誰かがきっと、教えてくれる」

俺には無理だと、ハルカが泣く。

それでもシンは、ハルカのそばを離れずに、きれいなまま静かにそこに居た。


意識して顔を合わせない日々が、二人にしては長く続いた。

そう考えてからハルカは、シンと会うか会わないか決めるのは自分一人だと思っていたが、そうではないと気づいた。

別れていくときに自分にしか決定権がないのならそれは、きっと相手にも同じことだ。何かをシンが決めたときには、ハルカは何も言わずそれに従わなければならないのだろう。

二人で身を寄せ合うようにしていた長い時間、シンの決めごとが一つもなかった訳ではない。ただ大きくハルカと道を違《たが》えるようなことが、なかっただけで。

そのことに気づいたら不安に堪えられず、ハルカの足が雨の中マリア・ソルに向いた。弱いのは自分の方だという自覚は、とうにハルカの中にある。

「なんだよ。久しぶりだな」

いつでも入り口近くの席で飲んでいるシドが、ハルカを見つけて手を振った。

「ああ、ちょっと忙しくてな」

言いながらハルカが、店の中にシンの姿を探す。

「シンならさっき、出てったぜ」

その視線を察してシドは、少し意味深な声を聞かせた。

「……何処《どこ》へ？」

シンのことなどどうでもいいと、虚勢を張れる余裕はハルカにはない。

「さあ。中国系の、多分情報屋とカウンターで話してて……珍しいんでちょっと気になって、おまえに連絡しようかと思ってたとこなんだ」

心配をシドは、露《あら》わにした。

案ずる通りシンは、ハルカの関わっているようなビジネスに一人で触ることはない。それはハルカが決めていることだ。

だからハルカの知らないところで情報屋とやり取りをしたというだけで、ハルカが駆け出すには充分だった。

「出てったばっかりだ！　車を拾ってなきゃその辺にいるはずだ!!」

背中にシドが、声を掛けてくれる。

店を出てハルカは、傘も差さずに辺りを見回した。車を拾うなら表の大きな通りに出るだろう。歩いて行けるようなところは、たかが知れている。

初めて自分のことを打ち明けて、帰るところなどないと言ったシンを、それでもハルカは信じることができないと告げた。

難しいと、シンも言った。

けれどそれならシンは、何処《どこ》に居られると言うのだろう。故郷も追われて、もう帰ることもできず、傍《かたわ》らの男には信じられないと泣かれて。

今度こそシンは自分の前から居なくなると、ハルカは息を上げて走った。

大通りで丁度、バーテンの姿のままタクシーに乗り込もうとしている後ろ姿を見かける。

「シン！」

自分が見間違えるはずがないと、ハルカは声を振り絞ってシンを呼んだ。

あまりに大きく響き渡った声に、驚いたようにシンが振り返る。

「何処行くんだよ……っ」

引き留めるあてなど何もないまま、ハルカは叫んだ。

「……一緒に、来られるなら来て」

昨日も会ったかのような顔で、シンがハルカを見つめる。

拍子抜けしてハルカが近づくと、シンは先にタクシーに乗り込んだ。

仕方なくハルカが、隣に座る。

「ここへ」

メモに書かれた住所をシンは、運転手に渡した。

訳もわからずハルカは、行き先も問えないままシーツに深く身を沈める。

夜の手に落ちる雨のロサンゼルスが、窓の外を流れて行った。パームツリーをぼんやりと眺めて、いつの間にか車が高級住宅地に入っていることにハルカは気づいた。

「ありがとう」

車を止めた運転手に料金とチップを、シンが渡す。

場違いな豪邸が間隔を開けて並ぶエリアに降りて、ハルカは戸惑《とまど》って辺りを見回した。

やはり傘を持たないシンはさっき運転手に見せた紙をもう一度見て、一際大きな邸宅に真っ直ぐ歩いて行こうとしている。

「……おい、何処行くんだよ。情報屋から何を仕入れたんだ」

そのまま邸宅に入ってしまいそうなシンの腕を、慌ててハルカは摑んで止めた。

物言いたげにシンが、ハルカを振り返る。

「多分」

何故《なぜ》だか、シンは珍しく逸《はや》っていた。

「セツは死んではいない。いなくなる前にセツについてた客はブローカーで」

邸宅をシンが、指差す。

「セツはここで、囲われてる」

「……それを、情報屋から買ったのか?」

本当かどうかわからない話だが、シンが買ったというなら信憑性《しんぴょうせい》の高い話かもしれないと、ハルカは邸宅を見上げた。

「買った」

短く、シンが答える。

そしてまだ歩き出そうとしたシンを、ハルカは引き留めた。

「それがもし本当だとして、どうするつもりなんだよおまえは」

「セツを返して貰う」

「返してって……あいつは物じゃねえぞ」

「お金で引き取られたなら、そのお金を僕が払うよ」

全くらしくなく冷静さに欠いたことを、シンが言葉にする。

「おまえが思ってるより、あいつは上玉だ。きっと大金が動いた」

どうやってシンを宥《なだ》めたらいいのかわからずに、そもそも何故《なぜ》シンがそんなことをしようとするのかも理解できず、ハルカはただ言い含めようとした。

「払うよ」

強情に、シンが言い切る。

「……もし、生きてるならもうそれでいいんだ。俺といたって、セツは幸せにはなれねえし」

「だけど」

それでもシンは、セツを探しに行こうとした。

「そこにいるんなら、いいんだ」

「僕には埋められない何かを、埋めてくれるのがセツだったんだろう?」

不意に、シンが振り返ってハルカに、真っ直ぐに問い掛ける。

いつでも冷淡な瞳が、わずかに揺れて見えた。

「そうじゃない」

「だって君はセツがいなくなってから、何か支えを失ったみたいだ」

ほんの少し、シンがハルカを咎《とが》める。

「違う。大事にしてた子だ。いなくなったら辛《つら》い」

心のままを、ハルカは教えた。

そんな風に、誰かがいなくなる。自分は誰かを、護り切れない。そうやって誰かが、立ち去って行く。

不甲斐《ふがい》ない自分の、罪深い腕を責めて。

一番大切な人もきっと、ハルカに抱かれてはいられない。

「胸の中で車輪が廻っているようなのは、君の方だろう？　ハル」

迷い子のようなハルカの瞳に、シンは問い掛けた。

「何処かへ帰りたいのは、君なんじゃないのか」

僕じゃないと、シンが言うのを、ハルカはただ聞いていた。

そうかも知れないと、思った。確かに胸を車輪が、廻るようだ。

帰りたい。

ひたすらに勇敢だった、少年の頃へ。窓辺に見た籠《かご》の中の小鳥を、必ずこの手で助けられると信じた、無垢《むく》な心へ。

多くの愛を知っていて、必ずそれができると信じていた、この人を幸福にするはずの自分へ。

「おまえが……連れて行ってくれるのか？」

いつか、疲れた男が呟いた願いを、気づくとハルカはシンに託《たく》していた。

「君が望むなら、何処へでも」

強がるでもない声を、シンが聞かせる。

ひととき、シンの手をハルカは取った。歩く先に、あてはない。

「……帰ろう」

力のない声のまま、ハルカは言った。

「何処へ？」

尋ねられれば、初めて二人が出会った時間へと、ハルカは答えたい。

何も惑《まど》わずに、少年は小鳥を救い出す。迷うことなく、空に放つ。もしかしたら小鳥は少年を好いて、肩にとまってくれるかもしれない。

そうしたら二人は、ゆるやかに穏やかに、希望のある明日へ歩き出すだろう。

「俺達のフラットだよ」

けれど時間は、決して戻らない。

希望などなくても、明日は訪れる。

歩く者のことなど構わず降り注ぐ十二月の雨のように、そこから逃れることは誰にも叶わない。

だから雨に濡れても、明日に行く。


日常と言える時間が、ハルカの上に戻りつつあった。シンには言わずに、セツの生死だけを、ハルカは確かめた。他にしてやれることはもう、思い当たらない。

ホァンは結局国に帰ったと、ハルカはシンではなくシドから聞いた。最後にシンに会いに来たけれど、シンがただの一度もホァンを見ることはなかったと、シドは気の毒がった。

ひたすら陽気に、ハルカは振る舞う。馬鹿騒ぎをして頭を飛ばすと、シーソーのようにストンと気持ちが落ちるのはもうずっと前からだ。

そんなときハルカは、少年の自分の肩に寄り添う小鳥を夢想した。想像の中で、小鳥は時折空に吸い込まれていく。

悲しんだり、小鳥が何処《どこ》かで幸せであることを考えたり、ハルカの気持ちは行き来した。

マリア・ソルでは、誰かの目に留まらないように出来る限りハルカははしゃいで過ごした。

クリスマスの近い深夜に、若い刑事のパートナーが、一人で店にやって来た。済まなさそうに彼は蒸《む》し鶏《どり》を頼んで、パートナーにクリスマスプレゼントを用意したいと、相談してきた。

人生は別れの連続だから、手元に残らないものにしろとらしくないことを言ったときには、ハルカはもう相当酔っていた。

途中でシンが、呑み過ぎだよハル、と、いつものように言った。

刑事は、ハルカとシンにクリスマスに欲しいものはないかと、聞いてきた。

「……そうだな、俺は」

シンに自分の願いが聞こえるだろうかと、ハルカは思いながら呟いた。

「一人じゃないクリスマス」

無様に声が掠《かす》れて、カウンターに突っ伏して目を閉じる。

「もう手に入れてるじゃないか」

何処か憐《あわ》れむような刑事の声が、ハルカの瞼《まぶた》に注がれた。

「少々苦労して、一人にならないようにしてるのさ。そんなことをしなくとも、毎年毎年必ず約束される。一人じゃないクリスマスが欲しい」

子供の駄々《だだ》のように、ハルカは言った。

それがハルカは不思議だった。自分には子供らしい子供時代などなかったと思っているのに、幼いころの心は確かにあって、心の隅《すみ》で膝を抱えている。

「そんなものは、誰にも手に入れられないよ」

案の定シンに、ハルカは諫《いさ》められた。

「手に入らないから、欲しくなるんだ」

そんなことはわかっていると、もうカウンターで眠ってしまおうと瞼を落とす。

「期限付きでよければ、僕が保証してあげるよ。僕が生きている間の約束で」

驚いて顔を上げると、シンは似合わない微《かす》かな笑みを浮かべて見せた。

「不満？」

額を掌《てのひら》で押さえて、ハルカは笑おうとしてできない。

「……当たり前だ。誰がおまえみたいな、しけたツラした野郎と……」

カウンターに突っ伏して、ハルカは眠ったふりをした。

互いを信じることは難しいと、言ったのは二人ともだ。時間を戻すことはできない。けれど今からなれないだろうか。せめて信じるに値《あたい》する人間に自分が、変わることは無理だろうか。

店には珍しい、歌が流れた。クリスマス・キャロルだと気づいて、音をハルカが追う。誰の上にも明日が訪れるように、クリスマスもやってくる。

遠い国を思う悲しい歌を、忘れていい日も、きっとある。

帰ろう。もう昨日へは帰れないから、せめて二人のフラットに、帰ろう。

胸の中でハルカはシンに、乞《こ》うでも願うでもなく、ただ囁《ささや》いた。伸ばした手をシンが取ってくれる夢に、足を取られる。

気の早いクリスマスの贈り物を抱いてハルカは、ひととき、シンの約束をただ信じた。

By The Way

クリスマスもとうに過ぎて新しい年を迎え、ロサンゼルスの空も一際晴れ渡る四月を迎えようというころ、いつものようにハルカはマリア・ソルの最後の客になろうとしていた。

それはもう、大分時間も深い。

「帰るか」

片付けをしているシンに、ハルカはカウンターから声を掛けた。

「そうだね」

送り迎えを毎日している訳ではなかったけれど、店に来てしまえばこういうことになる日は多い。シンを待って、ハルカは二人で連れ立ってフラットに帰るのだ。

最後の客が出て行き、シンがクローズの札を掛けようとカウンターを出る。

「ちょーっと待って！　なんでもいいからなんか食べさせて!!」

そこに、けたたましい物音を立てて、騒々しい青年が飛び込んで来た。

「……タクヤ。いくらなんでももう終わりだっつの」

親しくしているロサンゼルス市警の若い刑事、タクヤが顔を出すのにハルカが、これは帰る時間がまた遅くなると肩を竦《すく》める。

タクヤは昔、シンの英語を丁寧に矯正《きょうせい》した、一応の恩人でもあった。

「ほら……遅過ぎるからよそうと言っただろう」

後ろから、タクヤのパートナーであるエドワードが、いつものように小言を言ってそれでも入って来る。

どんな陽気でも長袖を着ているエドワードは、クリスマスに何が欲しいと、ハルカとシンに訊いた男だ。

「僕らはいいですけど、旦那さんはもういませんよ」

「そんなー！　蒸し鶏!!　蒸し鶏がどうしても食べたかったんだよ！　ナッツのソースで」

遠慮も何もなくカウンターのハルカの右隣に座ったタクヤは、嘆きを露《あらわ》にそのまま突っ伏した。

「おまえホント蒸し鶏好きだな」

来る度にそれを頼んでいる気がするタクヤに、呆れてハルカが食べかけのナッツを押しやる。

「ナッツが食べたいんじゃないよ！　おやじさんの作ったナッツのソースで蒸し鶏が食べたいんだ!!」

文句を言いながらもタクヤは、そのナッツを口に入れた。

「実は俺も、あのナッツソースが掛かった蒸し鶏には目がないんだが」

タクヤに引き摺《ず》られて来たのだろうエドワードが、己も蒸し鶏への期待があったことを小声で明かす。

「とりあえずビール」

図々しくタクヤは、時間も考えずに右手を上げた。

「遅くに本当にすまないな、シン」

タクヤほどには無遠慮になれないエドワードが、タクヤの隣に腰を下ろす。

「でもあなたもビールを呑むんですね?」

嫌味のつもりではなくシンは、エドワードの目を見て確認した。

「……いや、どうしても店を閉めるというなら」

「今のはオーダー確認です」

狼狽《うろた》えたエドワードに、シンが真顔でメモを取る。

「とりあえずビールか。ガキだな、タクヤ」

スコッチを揺らしながらハルカは、ビールを待っている喉の渇《かわ》いたタクヤに笑った。

「こんなに喉が渇いてるのにとりあえずスコッチ呑んだら死ぬよ」

「そんなたまか、おまえが」

右の掌《てのひら》を天井に向けたタクヤに、煙草《たばこ》の火を点《つ》けながらいらないことをエドワードが呟く。

「最近弱くなったんだよ。あんたも歳なんだから気をつけた方がいいよ」

せっかく火を点けたエドワードの煙草をタクヤは、憎まれ口のお返しに奪い取って吸い込んだ。

「煙草は自分のを吸え」

「切らしてるんだ。煙草でもなきゃやってらんないよー！」

叱ったエドワードに、盛大に煙を吐いてからタクヤが煙草を返す。

「随分疲れてんだな。なんか大きなヤマか？」

自分のシマでのことなので全く無関係ではないハルカは、さりげなく二人の刑事に尋ねた。

「バドワイザーでいいですか」

そこに完全に話の腰を折ってシンが、尋ねておきながら問答無用でバドワイザーを開ける。

「せめてグラスに注いでよ、シン」

瓶を二本無造作に置いたシンに、甘えるようにタクヤは言った。

「洗い物増やすなよ。なんだよいつも瓶から呑んでんだろ？」

珍しいことを言ったタクヤに、いよいよ何か大きな事件かとハルカが探りながら話し掛ける。

「瓶からでいいだろう、タクヤ」

いつも通りにとエドワードはおとなしくバドワイザーの瓶を摑んで、動かないタクヤの瓶と合わせた。

そしてハルカのグラスとも、タクヤ越しに瓶を合わせる。

「美人のお酌《しゃく》でもないとやってらんないよ」

ふて腐れてシンを眺めながら、渋々とタクヤはビールを口に運んだ。

こんなことを他の客が言ったらハルカは一睨《ひとにら》みくらいはするけれど、タクヤのことは相手にしない。図々しくも自分達のことを弟のように思っているらしきタクヤは、誰よりも子どもっぽくて、少なくともシンに接するときに危険を感じることはハルカはなかった。

むしろどちらかというと危機感を感じるのはこちらの方だと、エドワードをハルカがちらと見る。涼しい顔をしてひっそりとモテるのはもちろんエドワードの方だし、シンの態度も微妙に違って感じられることがあった。

「あんたって、無害を装うよな」

ふと、思ったままの言葉が、ハルカの口から出てタクヤの目の前を通り越して行く。

「……俺のことか?」

ビールに少し噎《む》せてエドワードは、心外だと言わんばかりにハルカを見た。

「自覚あるんだ? あるよな? モテるんだろ?」

「酔っぱらってるのかい? ハル」

エドワードに絡《から》んだハルカを、やんわりとシンが窘《たしな》める。そんなことをシンがするのも滅多にないことで、ハルカはおもしろくはなかった。

「モテるよエド。市警の女の子、みんな結婚するならエドって言うもんね」

言外に何故《なぜ》自分ではないかという不満をたっぷり含ませて、タクヤがビールを呑み上げる。

「あのなあ、結婚相手に名指しで選ばれるような男は本当はモテてなんかいないんだよ。安全だと思われてるだけだ」

突然の攻撃を、しかし躱《かわ》すのにも慣れていて、エドワードは煙草の火を消した。

「だけど俺は言われたことないよ、タクヤと結婚したいわ、なんて」

「そりゃそうだ、俺だっておまえかエドかって言われたらエドと結婚するさ」

酒が入っている者と、疲れ切っている者とで、話は方々に飛ぶ。

「なんでだよ」

「お金も、計画性も、落ち着きの欠片《かけら》もないからですよ」

珍しく口を挟んでシンは、不意に、タクヤとエドワードの真ん中に立ってあたたかい皿をカウンターに置いた。

「うお！　蒸し鶏!!」

「おやじさんは帰ったんじゃなかったのか？」

湯気を立てる蒸し鶏に、何も考えずにタクヤははしゃぎ、エドワードがすまなさそうにシンを見上げる。

「残り物をあたためて、ナッツのソースを掛けただけです」

素《そ》っ気《け》なく言ってシンは、二人の前に取り皿を置いた。

「嬉しいよ、ありがとうシン！　めちゃくちゃ腹減ってたんだよー」

「正直本当にありがたい。蒸し鶏に有り付けるとは思わなかったよ」

食べる前に言ったエドワードに、どういたしましてとシンが返す。

「おまえもやっぱり、結婚するならエドか？」

そのやり取りを眺めて、何が元かもわからないが元の話にハルカは戻した。

「あ、シンがいいって言うなら俺は明日にでも式を挙げるよ。なんてったって特上の美人だからね！」

それ以上でもそれ以下でもない単純な賛辞とともに、タクヤが蒸し鶏を頬張《ほおば》る。

「あなたのその単細胞な価値観の中に納まるのも悪いことではないように思えるのは、タクヤの人徳なんでしょうね」

「なにそれちっとも人徳に思えない」

長文ながら悪く言われたことは敏感に感じ取って、タクヤは鶏を飲み込んだ。

「じゃあタクヤにすんのか？」

「僕は結婚するならハルとします」

頬杖《ほおづえ》を深めて笑ったハルカに、シンが短く答える。

「つまんない答え」

「美人に振られて、今夜はとことんついてないな」

いつもの決まり事を聞かされたタクヤとエドワードは、残りのビールを一息に呑み上げた。

「ついてないって、なんかあったのか?」

「話逸《そ》らしたね、ハル。いつもシンみたいな美人にあんなこと言わせて、それは他の連中の手前だって俺達は知ってるけど。そんでも悪い気はしないいんじゃないの?」

言われた通り話を逸らしたハルカに、どんなときでも直球のタクヤが聞いて欲しくもないことを尋ねてくる。

「別に誰かの手前じゃありません。他の人を選ぶ理由なんてないですから」

新しい酒をタクヤとエドワードの前に置いて、なんでもないことのようにシンは言った。

「まあ、結婚してるみたいなもんかもね」

冷やかす気にはなれないシンの淡々とした口調に、タクヤが出されたグラスを口元まで運ぶ。

「そうだな。長いこと一緒に暮らしてるんだろう?」

「うわっ、紹興酒《しょうこうしゅ》!」

やはりグラスを取ってシンとハルカに尋ねたエドワードの隣で、タクヤは悲鳴を上げた。

「なんだよでかい声出して」

呑もうとしていたエドワードが、呆れてタクヤを叱る。

「あんた呑めんの? 俺苦手」

「何言ってんだ、このナッツソースには紹興酒だろ。呑んでみろよ」

顔を顰《しか》めてエドワードを見たタクヤに、ハルカは話がまた飛んだことを幸いに思いながら指で蒸し鶏を指した。

「言われて見ればそうかもしれないな」

タクヤより先にエドワードが、蒸し鶏を食べて紹興酒を口に含む。

怖々とタクヤは、エドワードが飲み込むのを見ていた。

「よく合うよ。蒸し鶏を食べてから呑んでみろ」

味わってエドワードが、タクヤに教える。

訝《いぶか》しげに顔を顰めながら、それでもタクヤは言われた通りにした。二口目を飲み込んだところで、タクヤが大きく笑顔になる。

「本当だ、おいしい。ありがとうシン！」

「瓶のそこに少しばかり残っていたので早く始末したかったんです」

グラスを掲《かか》げて礼を言ったタクヤに、シンは変わらず冷淡だった。

「……シンってさ」

疲れた体に、さすがにその冷たさが染みてタクヤが溜息を吐《つ》く。

「なんですか？」

呼ばれたまま続きが継がれないのに、一応シンが聞き返した。

「ううんいつも素敵よ。いつもきれいで。……あのさハル、一緒に住んでんだろ？　シンと」

ふと、タクヤはハルカに水を向けた。

「まあ、だいたいな」

「だいたいって何さ」

「だいたいはだいたいだ」

毎日一緒な訳ではないとわざわざ言うのも子どもっぽく思えて、ハルカが適当に茶を濁す。

「ふうん。そんで、だいたい一緒に暮らしてて、普段二人で何してんの？」

隣で、この世に紹興酒と二人きりという状態を堪能《たんのう》していたエドワードは、その瓶の底の紹興酒に噎《む》せた。

「おまえは！」

咳《せ》き込みながらエドワードが、あまりにも無神経なタクヤの質問を咎める。

「そういうそっちはこんな時間まで何してたんだよ!!」

タクヤにしか聞けないであろう全く邪心のない問いにそれでも腹を立てて、ハルカも声を荒らげた。

「俺達は証拠探しという名の書類整理だ」

とばっちりはごめんだと、エドワードが答える。

「珍しく紙の束をね……捲《めく》っては読み千切っては投げ」

市警での仕事を振り返って、タクヤは頬杖を深めた。

「千切るな」

どうでもいいことを言って、エドワードも疲れを見せる。

「それでいつもより疲れ果ててるんですね、タクヤは」

静観していたシンが、瓶の底にまだあったのか、デカンタから紹興酒をエドワードとタクヤに注ぎ足した。

「その通り」

ありがたくその酒を煽《あお》って、自棄《やけ》気味にタクヤが言い捨てる。

「タクヤをよくわかってるな、シンは」

動き回る方が余程ましなタクヤのことを言って、エドワードは苦笑した。実際今日は、何度も証拠探しから遁走《とんそう》しようとしたタクヤを引き留めるのに、苦労し尽くしてエドワードはそれに疲れている。

「ある一面においては、タクヤほどわかりやすい人間は居ませんよ」

「引っ掛かる言い方するね」

癖になった紹興酒を呑みながら、タクヤは口を尖《とが》らせた。

「一面なら、ハルよりタクヤの方がわかりやすいです」

「え？　そう？　俺のことよりハルのことがわかんないの？　わかんないのに、結婚はハルとするワケ？」

何処《どこ》までもそういう繊細《せんさい》なところに神経が雑なタクヤが、ハルカが一番戻して欲しくなかったところに話を戻す。

「ええ、そうですよ」

「なんで？」

「いい加減にしろ、タクヤ」

身を乗り出して聞いたタクヤを、エドワードが咎《とが》めた。

「……しょうがないからだろ」

答えないシンの代わりに、ハルカが言い捨てる。

ちらとシンはハルカを見て、それでも言葉を継がなかった。

気まずい沈黙が、四人しか居ないカウンターに降りる。

「なんか時々ハルとシンって、そういう風になるよね。二人で突然、超感じ悪い感じに」

長く沈黙を許さないタクヤは、空《から》になったグラスの底でカウンターを打った。

「おまえのせいだろう、どう考えても」

苦い息を吐いて、エドワードがタクヤの額を指で弾《はじ》く。

「イテッ！　なんでだよ！」

「二人には二人にしかわからない積み重ねがあるんだろう。あまりズケズケと聞きにくいことを聞くなよ」

去年のクリスマスに、ここでハルカとシンが交わした儚《はかな》い約束をよく覚えているエドワードは、二人の関係がそんなに単純なものではないことをタクヤよりは理解していた。

「それにわからない部分があるのなんか、みんなそれぞれ当たり前だ。シンもハルも、お互いのことは誰よりよく知ってるさ」

「……あんたってホントつまんないこと言うよね、たまに」

説教じみた言葉を付け加えたエドワードに、タクヤが憎たらしく頬を膨らませる。

「おまえな……」

「なんかさ、良くないよそういう空気！」

さりげなく傷ついたエドワードのことなど捨て置きながら、タクヤはハルカとシンを放って置きはしなかった。

「ずっとここにいるからじゃない？」

理由はこの煙った店の暗い照明のせいだと、タクヤが煤《すす》けた天井を指差す。

「おまえが来なきゃフラットに帰るところだった」

「……本当に、すまない」

ぼやいたハルカに、エドワードが頭を下げた。

「謝って欲しいのはあんたじゃない、エド」

「ねえ、知ってる？　ここはロサンゼルスだよ？　太陽の降り注ぐ、天使たちの住む街なんだよ？」

ハルカとエドワードの会話など構いもせず、タクヤが大きく両手を広げる。

「何を言い出すんだ、おまえは一体」

「暗いよ！　なんか時々本当に暗い！　特にシン！　太陽の下に出ないと駄目だよ!!」

熱弁を振るってタクヤは、首を振った。

「……紹興酒が良くなかったみたいですね」

空になったデカンタを、シンがそっとカウンターの中に置く。

「シン！　ここと、フラットと、大学の他にどっか出歩いたりしてる!?　ハルはともかくさ」

「言われて見れば、おまえ……出掛けねえな」

なおも言葉を重ねたタクヤに、そういえばと、ハルカはシンを眺めた。

「でしょ？　だと思った。あのね、人間には太陽が必要！」

「今度から紹興酒は出さないでくれないか」

何かおかしなエンジンが掛かってしまったタクヤを連れて帰るのは自分なのかと、エドワードが眉間《みけん》を押さえる。

「陽に当たらないからそんなに白いんだよ」

不躾《ぶしつけ》にタクヤは、シンを指差した。

「そう思うんなら、おまえどっかに連れてってやってくれよ」

その不健康さはハルカも気になって、タクヤに促す。

「まかして！　うーん、うん、うーん。そうだなあ、海岸とか……」

「海は少しも好きじゃありません」

身近な場所をひねり出したタクヤに、全くつれなくシンは即答で断った。

「そう？　そしたら……あ！　この季節って言ったらさ、あれだよ！」

「どれだ？」

仕方なく話に付き合って、エドワードが尋ねる。

「野球だよ。ドジャー・スタジアムだよ。丁度来週辺りサンフランシスコ・ジャイアンツとのホームゲームじゃん！」

「ああ、いいなそれ」

野球賭博《とばく》に関わっているせいだけでなくドジャースのファンであるハルカは、機嫌を直して身を乗り出した。

「名案だよね？　そうだ四人で行こうよ、太陽の降り注ぐデイ・ゲームに」

得意げにタクヤが、皆の顔を見回す。

「俺はごめんだ」

目を閉じてエドワードは、誘いを断った。

「なんでだよエド、行こうぜ？　ドジャー・ブルーの血が騒ぐだろ？」

「行くなら三人で行くといい」

その気になったハルカに、重ねてエドワードが首を振る。

「つれないこと言うなよ。俺はプライベートでもドジャースの信奉者《しんぽうしゃ》なんだぜ？　ビール呑んでホットドッグ食べて、一緒にドジャースを応援だ。エド」

「そうだよ、エド」

父親に外出をせがむ子どものようにタクヤは、ハルカの言葉に頷いてエドワードにせがんだ。

「……タクヤ、おまえ知ってるくせによくも」

苦々しく呟いて、エドワードがタクヤを睨《にら》む。

「なんの話だ？」

「なんならハルも知ってるはずだ。俺は……」

そのやり取りにキョトンとしたハルカにも、エドワードは溜息を吐いた。

「大きな声では言えないが、サンフランシスコ・ジャイアンツのファンなんだ」

「それさ、直した方がいいよ」

改めて打ち明けたエドワードに、すかさずタクヤが助言する。

「そうだな、直せよエド。酷《ひど》い欠点だそれ」

そういえばそうだったと思い出したハルカも、タクヤに大きく頷いた。

「……野球宗教政治の話はなしにしないか、今夜は」

なるべくエドワードは、野球の話を人としたくない。こと、このロサンゼルスにおいては。

「この街じゃ生きにくいだろ？　出世の妨《さまた》げにもなるぞ。改心しろよ」

「言いたくはないが、俺にはドジャー・ブルーの血は一滴も流れていない」

何故ならどうしてもこの問題は、揉《も》め事に発展するからだ。

「あんた前にデイ・ゲームの約束ふいにしてるじゃない！　俺のことドジャー・スタジアムに誘っておいてさっ」

「ふいになったのが全部俺のせいだと言うのかおまえは」

出会ったころの小さな事件を思い出して突然激昂《げっこう》したタクヤに、ふざけるなとエドワードが反論する。

「……俺、デイ・ゲームでドジャース応援したい。みんなで」

両肘をカウンターについて、拗《す》ねた声をタクヤは聞かせた。

「タクヤ……」

変にしおらしくなられると、エドワードも強く出られない。

「まあ……そうだな。四人で並んで野球を見るのも悪くはないだろう」

甘やかしすぎだと周囲に言われているのに自覚が足りず、エドワードは肩を竦めた。

「本当!?　いつ行く？　三連戦！」

「俺達の方が都合つけやすいから、そっちが非番じゃねえと話になんねえだろ」

タクヤが声を上げて、ハルカも本格的に乗り気になる。

「三人で行ってらっしゃい」

だが今度は、聞いてもいないようだったが異存はないかに見えていたシンが、突然出席を辞退した。

「え？」

「僕は行きませんよ」

尋ね返したタクヤに、冷ややかにシンが答える。

「なんで？　そもそもシンに太陽浴びせないとって話じゃん、これ」

「行きません」

はっきりとシンは、結論だけを聞かせた。

「なんだよ……たまにはいいだろ？　こんなんも。行こうぜ、シン」

少し楽しい気持ちになっていたハルカが、露骨にがっかりした声を漏らす。

「俺も信念をぐっと抑えるよ。無理強いはしないが、青空の下で野球もいいんじゃないか？　確かに君は白すぎるよ」

「……忙しくて、大学の方が」

エドワードからも誘われて、シンはふっと目を伏せた。

「一昨日《おととい》なんかが一区切りしたっつってたよな、おまえ」

嘘に気づいてハルカが、シンを咎《とが》める。

「ここの仕事もありますし」

「だから昼間だってば、昼間」

何を言っているのだと、タクヤは子どもの駄々《だだ》のように足をばたつかせた。

「男四人で野球観戦も悪くないよ」

あくまで穏やかに、エドワードもやんわりとシンを誘う。

少し沈黙してから、観念したようにシンは、小さく溜息を吐いた。

「……どうしてもと言うなら」

結《ゆ》わえていた髪を不意に解いて、一度さらりとシンが落とす。

「僕はエドと行きますよ」

黒髪を掻《か》き上げてシンは、妙なことを言った。

「……俺?」

ハルカとタクヤに思い切り不審げに見られて、エドワードが一番困惑する。

「どういうこと?」

「なんだよそれ」

責め立てるように訊いたタクヤとハルカにすぐには答えず、シンは髪を結い直した。

「ハルはタクヤと行ったらいいよ」

「なんなんだよ、一体」

全く意味がわからずハルカは、理由を求めてカウンターを叩いた。

その手元を少し困ったように、シンは眺めている。

「ハル」

酷く改まった声で、シンはハルカを呼んだ。

「君は本当にドジャースが好きなのかい？　野球賭博のためじゃなく、ドジャースを心から応援しているの？」

「ああ。今更何言ってんだ」

今聞くかということを尋ねてきたシンに、ハルカが眉間に皺《しわ》を寄せる。

「そう」

「それがどうしたっていうんだよ」

それきりまた口を噤《つぐ》んだシンを、ハルカはなおも追った。

「これはお客さん達には言わないで欲しいことだけど、僕はサンフランシスコ・ジャイアンツが好きだ」

突然、一息にシンが思いも寄らない告白を綴《つづ》る。

「え!?」

「仲間なのか!」

「てゆかシン野球なんか観るの!?」

ハルカはもちろん、エドワードもタクヤも驚いて、皆大きな声を上げた。

「観ます」

全員から顔を背けて、シンが打ち明ける。

「いつ観てんだよ」

長年一緒にいて今初めて聞かされた事実に、ハルカは驚愕《きょうがく》を隠せなかった。

「昔」

酒なのか水なのかわからないものが入ったグラスを、シンが手にとって口元に運ぶ。

「君はフラットに僕を一人にするときに、テレビを点《つ》けて行ったよね。ハル」

「……あ、ああ。おまえがあんまりおとなしいから、なんか音があった方がいいかと思って」

随分昔の話をされたがすぐに思い当たって、ハルカは訳を語った。

「その頃、野球中継をぼんやり観ていて。サンフランシスコ・ジャイアンツの野球が好きになった」

「なんでそこでジャイアンツなんだよ！」

だいたいが自分とフラットにいるときに、一緒にドジャース対ジャイアンツ戦を観ることもあるのに、それでも今まで黙っていたのかとハルカは激しく動揺した。

「意味がわかんないよシン!!　ドジャー・ブルーの血は流れてないの!?」

「流れているように見えますか？」

グラスの底を上げて喉を潤《うるお》してシンが、ハルカとタクヤを一瞥《いちべつ》する。

「……マジかよ」

俄《にわか》には信じがたく、ハルカは思わず呟いた。

「びっくりした。知らなかったの？　ハル。シンがジャイアンツファンだってこと」

「初めて、聞いた」

言いたくはなくてハルカが、タクヤの問いに顔を顰《しか》める。

「お互い知らないことなんかないんじゃないの？」

「そんなことを言ったのはエドだ！」

「ええと、だったらここは俺がシンをデートに誘うべきところかな」

険悪になる空気を和《なご》ませようと、エドワードは余計な口を挟んだ。

「ぶっ殺すぞ！」

「何考えてんだよあんた！」

「……だって、なあ？　シン。この広いロサンゼルスの空の下、ジャイアンツファンの二人が」

殺気立つハルカとタクヤに、エドワードはどうにかして戯《ふざ》けようとしたが、そもそもそんなことが得意なたちではない。

「野球ごときで大袈裟《おおげさ》なこと言うなよ！」

自分にとって今どんな大きな衝撃が襲っているのかわかっているのかと、ハルカはエドワードに歯を剝《む》いた。

「野球は、僕にとって宗教と同じくらい」

仕方無しというように、シンが神妙な声を響かせる。

「正直どうでもいいことだよ」

「ならドジャース・シートで応援しろ！」

言い放ったシンに、ハルカは立ち上がって叫んだ。

「悪いけどそれはできない」

「仲良くしてよー」

本当に珍しいことに揉《も》め始めたハルカとシンに、タクヤが真ん中からぼやいて見せる。

「おまえが元凶だろ!?」

「仲良く出掛けようと思ったのに……なんで喧嘩《けんか》になるんだよ」

呟くタクヤの声が尻すぼみになったと思えば、眠気に瞼《まぶた》を引っ張られていた。

「いつでも仲良くしてて欲しいんだ」

半分夢の中のような声で、タクヤがぼんやりと言う。

「だからおまえが」

「出会ったときから二人はいつも一緒で」

段々とタクヤの体が、カウンターに傾いた。

「兄弟みたいに、半身みたいに」

呟かれた声が、わずかに掠《かす》れる。

「二人がそうやっているのを見てるのが、俺、好きなんだよ……」

言いたいことを言ってタクヤは、完全に眠りに墜《お》ちた。

隣でエドワードが、やれやれと肩を竦める。

「なんで黙ってたんだ？　ジャイアンツファンだってこと」

しかしハルカはタクヤの言い分を聞かずに、シンに尋ねた。

「おいおいここから喧嘩か？　タクヤが寝ちまってから喧嘩なのか？」

勘弁してくれとエドワードが、空になってしまったグラスを逆さに振る。

「行ってもいいけど、デイ・ゲーム」

答えにならないことを、シンはハルカに返した。

「エドと行けよ。さっきそう言っただろ？」

「あれはジョークだ」

ふて腐れたハルカに、ジョークだなどと全く持って似合いもしないことをシンが口にする。

「僕は野球が好きだよ」

何か、ふと穏やかにシンは、ハルカに教えた。

「野球観て騒いでるとき君は、昔から何も変わらない」

それを、見ているのが好きなのだと、言外にシンが呟く。

「ふうん」

言葉のまるで足りないシンの気持ちが、それでも少しはハルカにも伝わった。

「……で、なんでジャイアンツファンなんだよ」

しかしそこだけは釈然としない、どうでもいいのがシンなのではないのかと、ハルカがまた問う。

「なんで?」

やさしいばかりの声で、シンは問いを返した。

「君たちドジャースファンは、本当の野球というものをどうやらわかっていないようだね。そう思うでしょう? エド」

「今すぐジャイアンツファンをやめるから、俺を巻き込むのはやめてくれないか」

突然同意を求められて、エドワードが悲鳴に近い声を上げる。

「デートに誘っといて何言ってんだ。……おまえ、他にもなんか俺に黙ってることあんのかよ」

思いも寄らないことを知らされたハルカは、もはやシンの嗜好《しこう》の何もかもが信用ならなくなっていた。

「今、一番大きな秘密を打ち明けたところだよ。あとは大事なことは全部話してる」

「嘘つけよ。なんにも知らねえよ。……よりにもよってジャイアンツファンだったなんて」

「君は本当にわからずやだね」

繰《く》り言《ごと》を言ったハルカに、小さく、シンが笑う。

「……シンの言う通りだな」

二人のやり取りを心地よく聞いて、エドワードも微笑《ほほえ》んだ。

「なんであんたに、そんな知ったようなこと言われなきゃなんねえんだよ」

「そうだな。まあとりあえず、野球はやめておこう。球場でもこの続きになる」

少しはハルカとシンを知っているつもりのエドワードが、しかしそれは言わずに提案を聞かせる。

「それもつまんねえな」

掌で顎を支えて、ハルカはもう夜が明けるかもしれない外の方を、眺めた。

「公園に、ピクニックにでも行くか」

タクヤの言う通り、たまには太陽の下にシンを連れ出したい気持ちに、ハルカが似合いもしないことを呟く。

「楽しみにしてるよ」

気のあるようには聞こえない返事を、シンは声にした。

少し居たたまれなく、さりとて眠っているタクヤを置き去りにするわけにも行かずにエドワードがこめかみを掻く。

「四人で行くか?」

その様子に気づいてハルカが、エドワードに訊いた。

エドワードがシンを、振り返る。

「遠慮しておくよ」

読み取りにくいシンの表情から、それでもそれなりの心を感じて、エドワードは答えた。

「二人で、行って来るといい」

あとがき

AFTERWORD

―菅野　彰―


ディアプラス文庫は今年三冊目になりますが、この登場人物たちでは随分ご無沙汰しております。菅野彰です。

少しまとまりのない不思議な気持ちで、この後書きを書いています。

何故なら「華客の鳥」は十八年前に書いたもので、「鳥の行方」と「By The Way」は四年前に書いたものだからです。それが今本になる。こういうことは初めてかもしれない。

校正のときは、複雑などという言葉では片付けられない様々な思いがありました。

「華客の鳥」は当時、ウイングス・ノヴェルスでエドとタクヤが主人公の「HARD LUCK」を書いていて、その流れで脇役であるシンとハルのスピンオフを小説ディアプラスに書かせていただきました。挿画はそのとき「HARD LUCK」のイラストを担当してくださっていた松崎《まつざき》司《つかさ》先生で、言い方を選びようもないのですが、そのまま今日まで私が放置していたようなものです。

続きを書いて一冊の本にしましょうと根気よく担当の石川さんが言ってくださって、四年前にその後の二人を書きました。

説明が必要かもしれないのですが、「鳥の行方」のラストは「HARD LUCK3　SANTA BABY」

とリンクしています。そちらはエドとタクヤの物語です。

これは完全に蛇足《だそく》ながらここで言わずにはおれない。校正して驚いたのは十八年前に書いた「華客の鳥」の方が文章が緻密《ちみつ》だったことです。「鳥の行方」を書いた頃は小説をまた書き始めて調子を取り戻していなかったと思いたい程に、文章が荒れていて若干倒れそうになりました。でも何処《どこ》が駄目なのか四年経った分客観的に見直せたので、それは日常にはあまりない好機だったとしかもう良かった探しができない。精一杯直しました。

それは私一人の大問題かもしれません。

もっと大きな問題は、文章は緻密かも知れないけれど「華客の鳥」を書いた後よく私はこんなにも放置できたなと自分に呆れけーったということです。

この先シンがハルと生きる中でどう変わっていくのかを書かずに、十年単位でよくものうのうとしていられたものだと、「華客の鳥」を読み返しながら戦慄《せんりつ》しました。

放ったままになっていたハルの気持ち、何より全く育ち始めていないシンの心の行方、十八年後になりましたがお手元に届けられて安堵《あんど》しています。

もしかしたら「華客の鳥」自体が、今なら書けないとも思いました。よく書いたな。若いから体力あったんだな。

おいここで終わりなのかよ!

そんな声も聞こえてきそうな気もする……私が読者でも思う。

当時は「小説ディアプラス」が創刊したばかりで、その第2号に「華客の鳥」は掲載されたわけですが。「小説ウィングス」はライトノベルでBL要素は基本的にいれない、ディアプラスはBL、でもこちらのレーベルで良かったのだろうかというのは今更の疑問ではあります。十九年前小説ディアプラスが創刊されて、その頃は私自身そういったことをちゃんと考えてなかったとも覚えていますが、今はせっかくディアプラスでシンとハルの話を書いたのだから、今後そのことに意味があったと言える二人の行方を書きたい。

それにはまず最終巻一歩手前でずっと止まっている「HARD LUCK」を終わらせなくてはと、改めて強く思う一冊になりました。

それにしても「HARD LUCK」は近未来なのに、この本は六十年代くらいの空気感ですね……ぐるっと回って新しいと思われよ。

ずっと漢詩が好きだったんだなあとか、そんなところは個人的に懐かしかったです。

「レベッカ・ストリート」（ディアプラス文庫）で別次元のシンとハルを描いてくださった珂弐之ニカ先生が、「HARD LUCK」の世界のシンとハル、そしてエドとタクヤを描いてくださいました。美しいシン、強くて脆《もろ》い少年のハルの健気《けなげ》さ、とても嬉しかった。エドとタクヤも、初めて描いていただいたような気がしませんでした。ありがとうございます。

十八年前の雑誌掲載からこの一冊になるまで、尽力してくださった担当の石川さんには本当に感謝しかありません。こういう謝辞は担当さんは実は嫌がるもので（当たり前のことをしていると思われるようです)あまり書いても申し訳ないのですが、書かせてください。自分自身にさえない程の根気にはただありがたいです。「HARD LUCK」もずっと完結を望んでくださっています。向き合いたいと思っています。ありがとうございました。

デビューからずっと、シンとハル、エドとタクヤだけでなくたくさん挿画をくださった司さんと、書いている途中何度かこの本について話したりして、「不思議な気持ち」というのは新しい書き下ろしの本にはないそんな色んなことが詰まった本だからです。その様々は語り出したら取り留めもないままに長くなる。本になって、今は本当に嬉しいです。

お手元に置いていただけて、読んでいただけたらなおありがたいです。

また次の本で、お会いできたら幸いです。

夏に／菅野彰

この本を読んでのご意見、ご感想などをお寄せください。
菅野 彰先生・珂弐之ニカ先生へのはげましのおたよりもお待ちしております。

〒113-0024 東京都文京区西片2-19-18 新書館
[編集部へのご意見・ご感想] ディアプラス編集部「華客の鳥」係
[先生方へのおたより] ディアプラス編集部気付 ○○先生

- 初出 -
華客の鳥：小説DEAR+第2号（1999年）
鳥の行方：書き下ろし
By The Way：書き下ろし

[かきゃくのとり]
華客の鳥

著者：**菅野 彰** すがの・あきら

初版発行：2017年7月25日

発行所：株式会社 新書館
[編集] 〒113-0024
東京都文京区西片2-19-18 電話（03）3811-2631
[営業] 〒174-0043
東京都板橋区坂下1-22-14 電話（03）5970-3840
[URL] http://www.shinshokan.co.jp/

印刷・製本：図書印刷株式会社

ISBN978-4-403-52432-5 ©Akira SUGANO 2017 Printed in Japan